「水辺の楽校《がっこう》」の所《ところ》くん

本田有明

PHP

「水辺の楽校《がっこう》」の所《ところ》くん ● もくじ

あだ名はトトロ

新年度の始業式があった日、ぼくの席の左がわ、窓《まど》ぎわの席にすわったのはクラスで一番大きそうな男子だった。五年生の教室に、まちがえて六年生が入ってきたみたいだ。からだは風船をふくらませたように丸く、顔も大きい。目玉はぼくの倍くらいあって、なにかにおどろいたようにギョロッとしていた。

目が合ったとき、ぼくは「ちぇい」といおうとしたけど、緊張《きんちょう》して言葉がうまく出なかった。「ちぇい」はこの学校ではやっているあいさつで、とくに意味はない。「おはよう」や「オーケー」や「さよなら」をいっしょにしたような言葉だ。

席順が黒板に貼《は》り出《だ》され、教室の中は悲鳴や笑い声があふれた。知っている友だちが近くの席にいた子はうれしそうな顔、いなかった子のほうは不安そうな顔になる。

「ほら、みなさん。気持ちはわかるけど、ちょっと静かにしてくれないかな」

新しい担任《たんにん》の大山《おおやま》先生が注意しても、ざわざわした感じはやまなかった。

今年もまた四月が始まったんだな。そう思ったら、ふうっとため息が出た。


ぼくたちの学校では毎年、進級のたびにクラス替《が》えがあって友だちが変わる。いろんな人と友だちになれるから楽しいよねって先生はいうけど、どうかな。ぼくはそうは思わない。せっかく仲間になっても、一年たったらおしまい。また最初から友だちづくりを始める。うまくいけばいいけど、どうなるかはわからない。運がわるいと、右の席も左の席もいじわるな子だったりして。三年生のときがそうだった。

それにしても大きな子だな。となりの席を横目で見ていたら、

「ちぇっ、またトトロと同じ組かよ。黒板が見えねえじゃん」

後ろの席から声がした。振《ふ》り返《かえ》ると、

「こいつ授業中《じゅぎょうちゅう》によくいびきかくから、気をつけろよ」

黒ぶちのメガネをかけた男子がいった。

所一真《ところかずま》くん。それが左の席の子の名前だった。所なのに、それまで同じクラスだった友だちからはトトロとよばれていた。発音が似《に》ているせいだろう。からだが大きく目がギョロッとしているところも共通点だ。

トトロは、スタジオジブリのアニメ『となりのトトロ』では森の守り神で、いいもんの主人公なのに、所くんのほうはぜんぜんそうではないようだった。

「おいトトロ、きょうも昼寝《ひるね》しただろ?」とか「でぶトトロ、まじめに勉強しろよ」とか、いじられることが多かった。一学期が始まって一週間もしないうちに、クラスのみんなからトトロとよばれるようになっていた。

始業式の次の日、ぼくは所くんから声をかけられた。

「きみ、算数できるの?」と。ぼうっとした感じの話し方だった。

「できなくはないけど、そんなに得意でもない」

そういって顔を見ると、目がこぼれ落ちそうなくらいに大きくて、ドキドキした。

「ぼくは数字を見ると眠《ねむ》くなるんだ。きみは平気？」

「平気だよ」

「すごいね。尊敬《そんけい》にあたいする。どうして平気なの？」

「どうしてって……ふつうはそうじゃない？」

「ふうん。やっぱり一般的《いっぱんてき》じゃないのかな、ぼくは」

所くんは変な言葉づかいで、ゆっくり、のんびり話してきた。

一般的じゃないのかどうかは知らないけど、ふつうっぽくはないんじゃない？

「わからなかったら聞いてもいいよ」というと、

「ありがとう。恩《おん》にきるよ」

また変ないい方をした。


四年生のときも同じクラスだった岡田《おかだ》さんと立花《たちばな》さんが放課後、ぼくの席にきた。

所くんが先に教室を出たのを見て、話しにきたようだ。

「ねえねえ、トトロって、去年の運動会でブワッとみんなに笑われた子でしょ？」

「障害物競走《しょうがいぶつきょうそう》で網《あみ》をくぐれなくてさ、やっと出てきたらパンツがずり落ちてて」

二人はぼくの肩《かた》をたたいてキャハハと笑った。

そういえば、そんなことがあったかも。

網をくぐったり平均台《へいきんだい》をわたったりして、ほかの子たちが全員ゴールインしても、一人だけ網の中でもがいている子がいた。応援席《おうえんせき》からも保護者席《ほごしゃせき》からも笑い声が起こって、競技《きょうぎ》の途中《とちゅう》なのに、そのときだけお笑い番組を見ているような雰囲気《ふんいき》になった。それが所くんだったかどうかは知らないけど、からだが大きくて、のろい男子だったのは覚えている。

「青のしまパンだったんだから。超《ちょう》かっこわるい！」

「いっぱつで有名人だもんね。今年の運動会も楽しみ」

「お父さんは高校の先生なんだって」

「そうそう。漢字検定《けんてい》は二級か三級とかって聞いたよ」

「だったらすごいよね。うそっぽいけど」

岡田さんと立花さんはすごい早口でしゃべった。そのあと、

「ねえ、しんちゃん。ほかにどんなこと知ってるの？」

「教えて教えて。ほかの子にはいわないからさ」

かわるがわる、ぼくの肩をやさしくもんできた。

女子はこわい。とくにこの二人は。なにか話したら、次の日にはクラス中に知れわたっているから。そんなことがこれまで何度もあった。

それと「しんちゃん」はやめてほしい。『クレヨンしんちゃん』みたいで、かっこわるい。もう五年生になったのだから、新也《しんや》くんとか、名字の高沢《たかざわ》でよんでほしい。

「知らないよ。まだ少ししか話してないから」

ぼくが答えると、二人は態度《たいど》を変えて、ドンとぼくの背中《せなか》をたたいた。

「じゃあ、情報《じょうほう》入ったら教えてよね。約束だよ」

なんだか脅迫《きょうはく》されたような気がした。

一分間インタビュー

授業中《じゅぎょうちゅう》、所《ところ》くんはときどき居眠《いねむ》りをした。とくに算数と社会科の時間に。

「高沢《たかざわ》くん、ぼくが寝《ね》ちゃったら起こして。強くたたいてもいいから」

自分からそういうので、ぼくは見張《みは》り役《やく》をした。

いじめっ子よりはましだけど、こんな男子と席がとなりになったのは、はっきりいって不運だと思った。

所くんは算数の授業が始まると、たいてい窓《まど》から外をぼんやり眺《なが》め、ひとりごとをいったりノートに落書きをしたりする。

「きょうはもうすぐ雨になる。みんな傘《かさ》を持ってきたかな」

そうつぶやいて傘の絵をさっと描《か》き、

「アンパンマンは早くジャムおじさんの家に帰らなくちゃ」

傘の下に空飛ぶアンパンマンを描き加えたりした。

落書きがすむと、そのうち頭がフラフラ揺《ゆ》れだし、いびきが聞こえてくる。

ふつうの人の居眠りだと、そんなに大きな寝息はたたないはずなのに、所くんは違《ちが》った。机《つくえ》に顔を伏《ふ》せる前から「グググーッ」と、うなるようないびきをたてるのだ。黒ぶちメガネの鈴木《すずき》くんが「うるせえぞ」といって後ろから頭をはたくと、少しだけ静かになる。五秒くらいは。でもすぐにまた復活《ふっかつ》し、地響《じひび》きみたいな低い声があたりの席に広がってゆく。これはもう特技《とくぎ》といえるかもしれない。ぼくが横からおなかを突《つ》っついても、ポヨンと指がめり込《こ》む感じで、強くひじ打ちをしないと地響きはやまなかった。

でも、算数と社会科の時間は居眠りの常習犯《じょうしゅうはん》なのに、国語と理科の時間はちゃんとまじめに起きていた。国語はむずかしい言葉や漢字をとてもよく知っていたし、理科の植物や生き物のところはすごく集中して先生の話を聞いた。教科によって「おりこうトトロ」と「まぬけのトトロ」がいるみたいな感じだ。

前から所くんを知っている鈴木くんは、

「あれは二重人格《にじゅうじんかく》ってやつだぞ」と得意そうに説明してくれた。

二重人格？　辞書で調べたら、「一人の人間のうちに全く異《こと》なる二つの人格があり、交互《こうご》に現《あらわ》れること」と書いてあった。ついでに人格も引くと、「人がら。人品《じんぴん》。パーソナリティー」……よくわからない。

所くんのことをからかったり笑ったりする子が何人もいる中で、鈴木くんはとくに積極的だった。身長はクラスで低いほうから二番目、あだ名はチョロ。ちょろちょろと動きまわり、なんでも人の話に首を突っ込むからだ。もしかしたら、からだが大きな所くんをうらやましく思っているのかもしれない。

ある日、大山《おおやま》先生はぼくに「となりの所くんのこと、よろしくね」といった。人と話をするのが苦手で、言葉が出なくなったり、つかえたりすることがあるのだそうだ。「となりの所くん」が「となりのトトロくん」に聞こえ、おかしかった。

二回目の国語の授業で「一分間インタビュー」というのをやった。教科書の十ページにやり方が書いてあった。
（1）近くの友だちと二人組になり、次の三つの内容《ないよう》で一分間ずつインタビューをし合おう。①好きな遊び、②好きな動物、③もし会えるとしたら、一度でいいから会ってみたい人。
（2）特に心に残ったことを、一文にまとめて紹介《しょうかい》しよう。
（3）紹介を聞いたら、二人に大きな拍手《はくしゅ》をしよう。
「新しいクラスの仲間のことをよく知って、早く友だちになるゲームよね」と大山先生は説明した。

女子は「えー、やだー」「はずかしい」とかいって盛《も》り上《あ》がり、男子は「おれはお父さんとビール」「万引き」とかいってさわいだ。

ぼくは所くんと組になった。

「あなたの好きな遊びはなんですか？」と先に質問《しつもん》した。

所くんはしばらく目をパチパチさせたあと、

「木登りと川流れ体験」と答えた。

えっ、このからだで木に登れるの？　ちょっとびっくり。

「川流れって、どんなこと？」

「川で流れるんだよ。ライフジャケットを着て。知らないの？」

「知らない」

「玉ノ川で去年やったじゃない。総合《そうごう》学習の時間に」

そういって所くんは教えてくれた。

去年の夏、四年生はクラスごとに玉ノ川で安全学習をしたこと。そこは「水辺の楽《がっ》校《こう》」とよばれていて、地域《ちいき》のボランティアの人が先生の役をしてくれるのだそうだ。

去年の夏といえば、ぼくはおたふくかぜという病気にかかり、一週間くらい学校に行けなかった。

「水辺のガッコウって、川に学校があるの？」

「ふつうの学校じゃないよ。国土交通省ってところが進めているプロジェクトだよ」

国土交通省？　プロジェクト？　なにそれって感じ。ぜんぜんわからない。

日本にあるたくさんの川を利用して、子どもたちが楽しく遊んだり自然を学んだりする。そのために用意された場所が水辺の楽校だそうで、全国に三百くらいある。「楽しく」という言葉がキーワードだから、学校ではなく楽校と書く。所くんはそんなふうに説明してくれた。

それにしても、どうして安全学習なんかが所くんの「好きな遊び」なんだろう？

一分間インタビューなので時間がない。すぐに次の質問をした。

「あなたの好きな動物はなんですか？」

「ゴリラ」

これならわかる。ぼくも好きだ。

「では、もし会えるとしたら、だれに会いたいですか？」

「レイチェル・カーソン」

所くんはすぐに答えた。前から準備《じゅんび》していたみたいに。

ぼうっとしていた大きな目がギラッと光った。

「それって、サッカーか野球の選手？」

「違うよ。環境《かんきょう》保護《ほご》で活躍《かつやく》した人。これにも出ているよ」

所くんは国語の教科書をパラパラめくり、「ほら」と後ろのほうのページを開いた。百六十八ページ、伝記のところだ。そこに「考えたことをまとめよう」と見出しがあって、『レイチェル・カーソン』という本の写真がのっていた。女の人らしい。

じぇじぇじぇ！　むかしの流行語が口から出そうになった。

環境保護って言葉は、四年生のときに社会科か理科の授業で習ったことがあったけど、小学生が話すのを聞いたのは初めてだ。すごい！　所くんのキャラがよくわからなくなった。

「もう読んだの？　伝記も、この教科書も？」

「まだだよ。お父さんから教えてもらっただけ」

「なんでレイ……なんとかって人に会いたいの？」

「環境保護のことを研究して、最初に発表した人だから。かっこいいと思う」

ふうん。かっこいいのか、環境保護の発表が？　ぼくにはよくわからない。

次はぼくがインタビューをされる番だ。所くんの話を聞いて、ぼくも少しかっこいい話がしたくなった。

「好きな遊びはなんですか？」――「ピアノの演奏《えんそう》。とくにベートーベンとモーツァルト。コンクールで優勝《ゆうしょう》したことがあります」

ほんとうは準優勝《じゅんゆうしょう》だった。

「好きな動物は？」――「ミッキーとミニー」

たしかミッキーたちはネズミだったと思う。

「もし会えるとしたら、だれに会いたいですか？」――「ベートーベン」

答えたあとで、ひとこと付け足した。「耳が聞こえなくなる前の」って。

所くんはノートに書き込みながら、「どうして？」と質問した。

「耳が聞こえなかったら、ぼくと会話ができないから」

「どんな会話がしたいの？」

「楽譜《がくふ》の中で、どうしてここに変音記号をつけたのですか、とか、こう変えたほうが弾《ひ》きやすくないですか、とか」

今度は所くんがびっくりした顔になった。目がグワッと開き、目玉で「じぇじぇじぇ！」を繰《く》り返《かえ》すくらいに。

まいったか、といいたいほど気分がよくなった。

でも授業が終わったあと、その気分は風船のようにしぼんでしまった。調子にのってしゃべったことを、ぼくは後悔《こうかい》した。

所くんが一分間インタビューの結果を発表すると、教室の雰囲気《ふんいき》が変わった。それまで、発表のたびに突っ込みや笑いがあって盛り上がったのに、所くんのときはしーんと静かになった。しらけてしまったのだ。

「た、た、高沢新也《しんや》くんの好きな遊びは、ピアノの演奏です。得意なのはベートーベンやモーツァルトの曲で、四年生のときに優勝しました。ぜ、全国大会……だったかな。あ、会いたい人もベートーベンです。ベートーベンの楽譜には、えーと、ま、まちがいもあるので、高沢くんは、直してあげたいと思っています」

違うじゃないか！

ぼくが優勝、じゃなく二位になったのは、県の音楽コンクールだ。ベートーベンやモーツァルトの曲も、簡単《かんたん》なのは弾けるけど、むずかしいのは無理だ。全国大会で優勝だなんてありえない。

突っ込みや笑いの代わりに、だれかが「さぶーっ」といった。何秒かたってから先生の指示《しじ》でパラパラと拍手が起こった。

次にぼくが所くんのことを発表したときも、似《に》たような感じだった。

環境保護やレイチェル・カーソンの名前を出すと、何人かが「はぁー?」とわざとらしい声をあげた。

「それって『スター・ウォーズ』の話か」

「ばか、Jリーグのゴールキーパーだぞ」

思い切り茶化《ちゃか》されたので、百六十八ページの写真を見てくださいといった。すると、

「すげえ。魔女《まじょ》じゃん!」

「環境保護じゃなくて環境破壊《はかい》だぞ、このおばさんの顔」

今度はしらけるのではなく、悪のりになった。

悪のりが始まると、やさしくて若《わか》い女の先生では、なかなか収《おさ》まらない。

こうしてぼくたちは、男どうしのペアで五年四組のいじられ役になった。

クルミをもらった

　一分間インタビューの発表がうまくできなかったことで、所《ところ》くんは落《お》ち込《こ》んだようだ。それはぼくも同じだったから、「気にしなくていいよ」といっておいたら、次の日変なものをくれた。しわしわの梅干《うめぼ》しみたいな形をした、すごく硬《かた》いものを二個《こ》。クルミの種だそうだ。

　クルミという言葉は聞いたことがあった。でも、どんなものかは知らない。

「水辺の楽校《がっこう》にクルミの木が生えてるんだ。その木に実がなったのが、それだよ」

やわらかい外側の果肉《かにく》が腐《くさ》ると、中からこの硬い種が出てくるらしい。

茶色いクルミをにぎってみた。手のひらが痛《いた》くなるほど硬い。二個をこすり合わせるとゴリゴリ音がした。握力《あくりょく》を強くするのに役立つのだという。

「水辺の楽校って、川にあるんだよね？」

「そうだよ。玉ノ川の岸辺」

「岸辺にクルミの木があるわけ？」

「クルミだけじゃない。ヤナギやクヌギなんかも生えてるよ。ジャングルみたいに」

川の岸辺がジャングル？　想像《そうぞう》がつかない。

「どうしてそんなこと知ってるの？」とぼくは質問《しつもん》した。

「ボランティア活動をしてるんだ。そこで毎週そうじをしたり、安全活動のコーチをしたり。日曜日にはぼくも参加するよ。楽しいから」

玉ノ川は電車の駅を挟《はさ》んで、学校や学区と反対がわにある。歩いて三十分くらいかな。ぼくはほとんど行ったことがない。家族と鉄橋の下でバーベキューをやったことが二回あるだけだ。

「なにが楽しいの？」

「自然の中にいるのって、楽しいじゃない」

「どんなことが？」

「木登りや昆虫採集《こんちゅうさいしゅう》やザリガニとり。化石探《かせきさが》しとかも」

「化石なんて、そんなところで見つかるの？」

「すごくたまにだけど、化石島でとれるよ」

化石の話まで聞くと、うそっぽい気がした。川のそばで木登りや昆虫採集だけでなく、化石探しもできるなんて。

「ミッキーやミニーもいるとか？」

そういったら、自分でも笑いそうになった。

所くんは困《こま》ったように眉《まゆ》をヒクヒクさせた。

「それはいないよ。でも、うそだと思うならきてみなよ。案内するから」

行ってみたいと思った。だけど、きっと無理だろう。放課後は早く家に帰ってピアノの練習をしなければならないし、週末はお母さんから長い時間レッスンを受けることになっていた。木登りだとかザリガニとりは、指をけがするかもしれないから、お母さんはだめだというに決まっている。……お父さんに相談してみようかな。

その日、お父さんは夜おそくに帰ってきた。所くんから聞いた話をすると、

「おもしろそうじゃないか。行ってきなさい」と賛成《さんせい》してくれた。

「お母さんはきっと反対するよ」

「じゃあ内緒《ないしょ》にすればいい。子どもは外で遊んで強くなるんだ」

ぼくの首をグリグリッともんだ。

お酒を飲んできたとき、お父さんはよくこうする。きげんがよく、ぼくの味方になってくれる。ふだんはお母さんに、なんていうか、「尻《しり》にしかれている」状態《じょうたい》だけど。

「ちょっと待ってろよ」といって、お父さんは自分の部屋からなにかを持ってきた。

「ほら、すごいだろ」

小学生がよく使う学習ノートだった。表紙の真ん中に生き物の写真がのっている。三冊《さつ》あって、それぞれクワガタ、トンボ、ザリガニがカラーで大きく写っていた。いまにも動き出しそうなほどリアルだ。

「これ、お父さんの？」

「むかし使っていたやつ。記念にとっておいたんだ。お母さんに見せると、嫌《いや》な顔さ

れるけどな」

お父さんはわざとひそひそ話のようにいって、肩《かた》をすくめた。

お母さんはお風呂《ふろ》に入っていたから、聞こえないはずだけど。

そのノートはぼくたちも学校で使っていた。いろんな教科のものや自由帳もある。でも表紙は花の写真ばかりで、動物や昆虫はない。

「ぼくもクワガタのノートがほしい」

「今はないんだよな。こういうのが苦手な人たちもいるらしいから」

そうなのか。すごく残念。

「おまえが本物をつかまえてくるのが一番だ。その、水辺のなんとかってところで」

お父さんは自分もうれしそうな顔でうなずいた。

「ほんとに行ってもかまわない?」

「男どうしの秘密《ひみつ》だぞ。ただし軍手を持っていけよ。お母さんが心配するから」

約束成立。お父さんが忘《わす》れないように誓《ちか》いの指切りをした。

これまで次の日になると忘れていることがよくあったから。

玉ノ川にレッツゴー！

四月の第三日曜日、ぼくは自転車に乗って所《ところ》くんと玉ノ川へ行った。空はピカピカの快晴《かいせい》で、長そでのジャンパーが暑苦しく感じるほど暖《あたた》かい。サイクリングにぴったりの日だった。

友だちの家で勉強してくるといったら、お母さんは目を丸くした。そんなことをいったのは初めてだったけど、疑《うたが》われたりはしなかったようだ。お昼にピアノのレッスンが始まるから、それまでに帰ってこなければならない。リュックにはお父さんにいわれたとおり、軍手や着替《きが》えの服を入れた。

九時に校門の前で待ち合わせ、二人ならんでレッツゴー！

電車の踏切《ふみきり》を越《こ》えると、なんだかすごい冒険《ぼうけん》に出かけたような気分になった。胸《むね》がおどる。ここから先は自分の陣地《じんち》ではないところだから、あやしい人や妖怪《ようかい》みたいなものが現《あらわ》れるかもしれない。そう思ったら、心臓《しんぞう》の音がますます速くなった。

もっとサイクリングをしていたかったのに、踏切をわたって五分くらいすると玉ノ川の土手が見えてきた。三年生のときにはだいぶ遠く感じた川が、二年たつと半分くらいに距離《きょり》が縮《ちぢ》まったみたいだ。

「ジャングルはどこにあるの？」

ぼくは自転車の速度を落として所くんに聞いた。

岸辺にはランニングしている人がいるだけで、木なんか一本も立っていない。

「もっと下流のほうだよ。あと一キロくらい」

そういうと、所くんは自転車のペダルをグッと踏《ふ》み込《こ》んだ。変速機のギアも変えたようだ。ぼくの前に出て、すぐに五メートルくらい差をつけた。

大きくて動きのにぶいトトロが、どうしてこんなに速く走れるんだ？

対抗意識《たいこういしき》が生まれた。ぼくもギアを重くして、思い切り強くペダルをこいだ。

土手にのぼってまっすぐな道を、シャーッと気持ちよい音を立てて走る。それでも所くんの背中《せなか》には近づかない。逆《ぎゃく》に十メートルくらい差が開いてしまった。

すごい！　映画《えいが》の中でトトロが、大きなコマに乗って空を飛ぶシーンを思い出した。

少しうれしいような気分になったすぐあとで、所くんの自転車がガクッと右に揺《ゆ》れた。タイヤが石ころを踏んだようだ。すぐにハンドルを左に戻《もど》せばよかったのに、そうはならなかった。自転車はブレーキをかけないまま右にかたむいていった。

ガシャーンと大きな音がして、所くんのからだが宙《ちゅう》に浮《う》いた。土手の上で一回バウンドすると、草が生えた緑の斜面《しゃめん》を勢《いきお》いよく転がっていった。テレビドラマでよく見るシーンみたいに。

やばい！　すぐに自転車を止めて斜面をかけ下りた。所くんが倒《たお》れていたら、ぼくは救急車をよばなければいけない。前の週に保健《ほけん》の授業《じゅぎょう》で一一九番通報《つうほう》の仕方を習ったばかりだった。

所くんは地面に尻《しり》もちをついていた。両足を大きく広げて。でも上半身は起きていたし、目も開いている。ホッとした。

「大丈夫《だいじょうぶ》?」

「大丈夫……みたい」

所くんはいつものぼうっとした調子でいった。

白いベストに黒っぽいズボンをはいていたから、パンダのように見えた。

ベストには小さな葉っぱがたくさんついている。

「頭も、平気?」

ぼくがたずねると、所くんは尻もちをついたままポンポンと頭をたたいた。

「あ、星が見える。いっぱい。平気じゃないかも」

そういって、虫をはらうように顔の前で手を振《ふ》った。変なおどりみたいな手の動かし方だ。見ていたら笑いそうになった。

そこから先は自転車を押《お》して歩いた。少し行ったら、キラキラ光る川に沿《そ》って木立《こだち》が現れた。ふんわりと葉を茂《しげ》らせたヤナギだった。ヤナギは校庭にも生えていたから名前がわかる。でも、そのあとに姿《すがた》を見せたほかの種類の木はぜんぜん知らないものばかり。ちょっと進むあいだに、岸辺の様子はどんどん変化していった。

「ほら、あそこだよ」

所くんがびっくりするほど大きな声を出した。

一気に緑が増《ふ》えて、もう地面が見えなくなっていた。高い木が数え切れないほどならび、そのまわりを囲むように草が生《お》い茂《しげ》っている。

ほんとうだ。所くんがいったように、これはたしかにジャングルだ。興奮《こうふん》して、ジワッと背中に汗《あせ》がにじみ出た。

チロリン村の村長さん

土手の階段《かいだん》を下りると、低いところにもう一段でこぼこの道があって、そこから川のほうにジャングルが広がっていた。全体にこんもり、というか、うっそうとした森のようだ。トトロの映画《えいが》に出てくる塚森《つかもり》と少し感じが似《に》ていた。

入り口のわきに掲示板《けいじばん》が立っていた。「水辺の楽校《がっこう》の案内」と大きな字で書いた下に、教科書のさし絵のようなイラストが描《か》いてある。この森の説明図だった。

緑色の図の中を細い道や川がヘビのようにうねうねし、「メダカの楽校」や「シジミ川」、「オタマ池」などと名前が書《か》き込《こ》まれていた。玉ノ川のすぐ前には「化石島」も。掲示板が立っているこの場所は「チロリン村入り口」。ふざけているのかな。

所《ところ》くんは背中《せなか》のリュックからタオルを取り出して掲示板をふいた。この掲示板に愛着があるようだ。

「ここって村なの?」

「水辺の楽校だよ」

「でも、チロリン村って書いてある」

「村長さんがつけたんだ、おもしろそうな名前を。古いマンガに出てくるんだって」

ぼくたちが立ち止まって話していたら、

「マンガじゃない。人形劇《にんぎょうげき》だ」

いきなり後ろから大きな声が。跳《と》び上《あ》がりそうになった。

振《ふ》り向《む》いたら、男の人の顔がすぐ目の前にあった。

「村長さんだよ」と所くんはいって、「おはようございます」とあいさつをした。

「グッドモーニング。ハウアーユー、きみたち」

おじさんは英語と日本語がまじった変ないい方をした。

初めはびっくりしたけれど、よく見たら、ぼくはその人を知っていた。

目が点みたいに小さくて、唇《くちびる》のまわりに円《まる》くドーナツを描いたような黒いひげ、笑うと口がグニッと横に広がるひょうきんな顔。ぼくたちが「カールおじさん」とよんでいるコンビニの店長さんだった。店は学校のすぐそばにある。この日は麦わら帽子《ぼうし》をかぶっていたせいで、お菓子《かし》のキャラのカールおじさんに、いつもよりずっと似ていた。

「おじさんは村長さん？　えらい人なの？」とぼくは聞いた。

「ここの村長さんではあるけど、えらい人なんかじゃない。ただのヤギさん」

「ヤギ？」

「メェーッと鳴くヤギさんじゃないぞ。木が八本の八木さんだ」

おじさんはカールおじさんぽい笑顔《えがお》になって、ぼくの頭をなでた。

所くんがぼくを「クラスの仲よしで算数を教えてくれる人」と紹介《しょうかい》すると、

「そうか、算数の天才少年か。それはベリーグッド。草刈《くさか》りを手伝ってくれたら、あとでチロリン村のおみやげをあげよう」

おじさんはおみやげを差し出すみたいに両手を前に広げた。

「なんでチロリン村って名前なの？」

「ずっとずっとむかしに、テレビで『チロリン村とくるみの木』という番組をやっていたんだ。クルミの木なら、ここの水辺の楽校にもたくさんある。というわけで、愛《あい》称《しょう》チロリン村。単純《たんじゅん》な理由だね。ちょっとおかしくて、かわいい名前だから、みんな気に入ってるんだ」

「ふうん」

「ほら、これがクルミの木だ。もう実がついている」

道のわきに、ぼくの身長の二倍くらいある木が立っていた。見上げると、緑の葉のすきまから太陽の光がさしてきて、まぶしい。葉の陰《かげ》にかくれるように、丸い小さな実がなっていた。所くんがくれたクルミの種は茶色くてカチカチだったけど、こっちのはきれいな緑色でやわらかそうだ。

そこで五分もしないうちに、大勢《おおぜい》の人たちが集まってきた。みんな帽子をかぶり、長靴《ながぐつ》をはいている。校長先生くらいの年のおじさんおばさんや中学生、小さな子どもを連れた親子など、いろいろな人たちがいた。チロリン村の入り口は水辺の楽校の集合場所になっているようだ。

早めに着いた人たちは、草が生えている地面に大きなビニールシートを広げ、そこにリュックや鎌《かま》などの荷物をおいた。みんなボランティアの人たちで、これから道の草刈りや水辺の清掃《せいそう》活動をするのだと所くんが教えてくれた。ぼくは、ただ遊びにきたのだと思っていた。


「みなさん、おはようございます」

九時半ちょうどに村長さんがスピーチを始めた。

メンバーの人たちも「おはようございます」といって整列した。

「きょうは道づくりの草刈りと、橋の補修《ほしゅう》作業を行います。来週、さくら幼稚園《ようちえん》の園児たちが花摘《はなつ》みにくるので、危《あぶ》なくないようにしてあげなければね。それと、きょうは第三小学校からお客さんがきました。所くんのクラスメートで、高沢《たかざわ》くん。……名前はなんていったかな？」

村長さんがぼくのほうを指さした。

「あ、新也《しんや》です」

「そう。高沢新也くん。いつもわたしの店でお菓子をたくさん買ってくれる子です。サンキュー。これからもよろしくね、高沢くん」

まわりの人たちが笑いながら拍手《はくしゅ》をしてくれた。

一分間インタビューのときよりずっと盛大《せいだい》な拍手だった。てれくさい。

大人の人たちは鎌を持って三つのグループに分かれ、入り口から森の奥《おく》に入っていった。小さな子どもたちは集合場所のところで木登りをしたり、中学生くらいのお兄さんがヤナギの太い枝《えだ》に取りつけた手製《てせい》のブランコで遊んだりした。

ブランコは、長さが五十センチくらいの丸木にロープを結んだだけの簡単《かんたん》なものだったけれど、子どもたちに大人気だった。できればぼくも乗ってみたいと思った。木《こ》もれ日を浴びながら、大きなヤナギの下でゆらゆらブランコをこぐ。見ているだけで気分がさわやかになった。

「きみも、ちょっとだけ草刈りをしてみないか?」

そういって、村長さんがぼくに鎌を貸《か》してくれた。

それを見た瞬間《しゅんかん》、後ずさりしそうになった。三日月の形をした刃《は》がギラッと銀色に光っている。工作で使う彫刻刀《ちょうこくとう》やナイフ以外の刃物を手に持つのは初めてだった。

軍手をはめ、おそるおそる右手に鎌の柄《え》をにぎってみる。けっこう重い。いつもの高沢新也とは違うキャラになったようで、興奮《こうふん》した。

なぜ草《くさ》刈《か》りをするのか

村長さんと所《ところ》くんについて森の中へ入った。背《せ》の高い草が目の前を壁《かべ》のようにおおっていて、どこが道なのかよくわからない。二人は自分のまわりの草を鎌《かま》で切りはらい、それを足もとに敷《し》いて前に進んだ。

「よく見てごらん。黄色くなった枯《か》れ草《くさ》が地面の上にずうっと続いているだろ？　フカフカのじゅうたんみたいで、歩きやすくなってる。これが先週刈り取った分だ。そのときはちゃんと道ができたんだけど、一週間のあいだにまた伸《の》びて、草ぼうぼうってわけだ」

村長さんが教えてくれた。

よく見ると、麦わら帽《ぼう》子《し》のような色をした枯れ草のじゅうたんが、細く川の方向へのびていた。その上に新しい草が、左右からかぶさるように生《お》い茂《しげ》ってぼくたちの邪《じゃ》魔《ま》をしている。

ぼくもまねをして、左手で草のたばをにぎり右手で根元から切ろうとした。でも、刃《は》の部分を強く押《お》し当てても、草はなかなかうまく切り取れない。

「こするんじゃなくて、手首のスナップをきかせてごらん。ほら、こんなふうに」

村長さんが手本を示《しめ》してくれた。かるく鎌を振《ふ》るだけで、草はスパッと切れた。

こういうのを「年季が入っている」というのか。同じように所くんも草の壁を切《き》り倒《たお》し、少しずつ前に進んだ。こんなパワーが所くんにあったなんて。

それにしても、水辺の楽校《がっこう》の人たちは毎週、こんなバトルをしているのだろうか。人が手を動かして草を刈るのは、よい運動になっても、あまり効果的《こうかてき》とはいえないのではないか。テレビでよく宣伝《せんでん》している電動草刈機《くさかりき》というものを使ったほうが、簡単《かんたん》に道をつくれると思うけど。

ぼくがそんな質問《しつもん》すると、

「グッドクエスチョンだ」と村長さんはいった。「なぜこんなやり方をしていると思う？」

「草刈機を持ってないから？」

「はっはっは！　残念でした。いちおう持っているよ、草刈機もチェーンソーもね。でも、それは使えないんだ。なぜだと思う？」

逆《ぎゃく》に続けて質問された。

初めてここにきたばかりで、まだ三十分もたっていない。すぐに答えは思いつかなかった。

「危《あぶ》ないからでしょ？」

所くんが代わりに答えてくれた。

「それもある、たしかに。でも一番の理由は、刈り取る必要のあるものにまじって、残しておかなければならない植物まで切ってしまうってことだ。詳《くわ》しい説明はまた機会があったときにするけど、なんでもかんでも排除《はいじょ》すればいいってわけではないんだよ。それともう一つ、意外に重要な理由がある」

「なんですか？」

「ここのメンバーの多くの人たちが、草刈りが好きだってことだ」

草刈りが好き？　そんな人たちがいるのか。

村長さんは口をグニッと開いて笑った。おでこに汗《あせ》が光っている。

半信半疑《はんしんはんぎ》で所くんのほうを見ると、なんだかうれしそうな顔をしていた。所くんも草刈りが好きなのか。

「水辺の楽校は、子どもたちが自然とふれ合って、いろんなことを楽しく学ぶ場所なんだ。でもほうっておくと、自然は猛威《もうい》をふるって人の立ち入りを拒《こば》んだりする。だから最小限《さいしょうげん》の手入れをして、人が入れるように環境《かんきょう》を整えておかなければならない。草刈りもその手段の一つなんだ」

わっ、ヘビイチゴにヘビが！

ぼくも鎌《かま》を使いながら、ゆっくり前に進んだ。

二十メートルくらい行ったところで、腕《うで》や背中《せなか》や足が痛《いた》くなってきた。ふだん中腰《ちゅうごし》の姿勢《しせい》で作業をすることなんかないから、全身がびっくりしているみたいだ。ピアノだったら一時間でも二時間でも平気なのに。

近くの木にもたれ、立ったまま休憩《きゅうけい》した。

まわりを見わたすと一面の緑。ぼくの目の高さくらいまで草が伸《の》び、あちらこちらにニョキニョキと黒っぽい木がとんがって空に枝《えだ》を広げている。ぼくも思い切り背伸びをしてみた。そよ風が気持ちいい。

家を出たときより日差しは強くなっていたのに、空気はとてもさわやかだった。からだ中にふき出していた汗《あせ》がだんだんと引いてゆく。植物が多い場所は、光合成で空気がきれいになるって習ったけど、それはほんとうなんだと思った。

気がつくと、タンポポの綿毛《わたげ》のようなものがたくさん目の前を流れていた。タンポポの綿毛より小さくて、焦点《しょうてん》を合わせないとよく見えない。

「ねえ、宙《ちゅう》に浮《う》いているこの白いもの、なんだろ?」

前のほうにいた所《ところ》くんに聞いてみた。

「タチヤナギの綿毛だよ」

すぐに答えがかえってきた。

「なにそれ?」

「このへんにタチヤナギがたくさんあって、小さな綿毛を飛ばすんだ。だから木が増《ふ》えすぎたら困《こま》る」

「どうして?」

「近くの家の人たちに迷惑《めいわく》をかけるから。洗濯物《せんたくもの》にくっついたりして、アレルギーの人は大変なんだ」

所くんはくしゃみのまねをして、目をグルッと動かした。

そんなことも知っているのか。ちょっと感心した。まるで先生みたいだ。

「タチヤナギって、ヤナギの木のこと？」

「そうだよ。ほかにもたくさん種類がある」

村長さんがそこへ、手に草のたばを持ってやってきた。

「では、ひとこと、わたしからアンサーを進ぜようか」と変ないい方をした。「ひとくちにヤナギといっても、二十種類以上の仲間がいる。川の近くなどはタチヤナギが多いけど、町の中でよく見かけるのはシダレヤナギだ。枝が下にたれているから、そういう名前がついた。あとはネコヤナギとか、フリソデヤナギなんていうのもある。植物でも動物でも、生き物はとても多様だってことだ。——はい、これは高沢《たかざわ》くんへのプレゼント」

そういって村長さんは、手にしていたものをぼくに差し出した。

「草を、ぼくに？」

「はっはっは。草という名前の草はない。これはセリ。春の七草の一つだ。おひたしにしたり、和《あ》え物《もの》にするとおいしい。お家の人にあげてごらん。喜ぶかもしれない」

「パセリ？」

「パセリじゃなくてセリだ。むかしは川辺などにたくさん、せり合うように生えていたからそんな名前がついた。せり合うとは競《きそ》い合《あ》うって意味だ。おもしろいね」

まさか。ただのダジャレ？

「たとえば、ほら、そこに見える赤いやつ。なんて名前だと思う？」

生《お》い茂《しげ》った草の根元に、小さな赤いものが三個《こ》ならんでいた。

「イチゴみたい」とぼくは答えた。

「そのとおり。イチゴの仲間だ。でも、こんなところに生えていて、だれが食べるんだろうって、むかしの人は考えた。もしかしたらヘビかも？　だからヘビイチゴって名前がついた」

「うそ」

「うそっぽいか。じゃあ、あした学校の植物図鑑《ずかん》で調べてごらん。ついでにいうと、あそこに生えている、先っぽに米粒《こめつぶ》くらいの実がポツポツついているやつ。よく見かけるよね？」

「うん」

通学路にも生えていて、蝶《ちょう》がまわりを飛んでいるのを見たことがある。

「あれはヤブガラシという。やぶを枯《か》らしてしまうほど元気に生育するからだ。別名はビンボウカズラ」

「ビンボウ？」

「庭の手入れをする余裕《よゆう》などない貧《まず》しい人の家に、たくさん生えていたんだろうね」

「じゃあ、あれも刈《か》り取《と》ったほうがいいの？」

「ほかの植物を枯らしてしまうほどだから、あまり増えると困る。でも、もっと迷惑な植物を取るほうが先だ。たとえば、こっち。名前はアレチウリ」

村長さんは道のわきに生えている朝顔の葉のような植物を抜《ぬ》いた。ヤブガラシより背は低く、茎《くき》も細い。ほかの草よりずっと弱々しい感じだ。

「これが迷惑なの？」

「ほかの植物にとっては、ものすごく迷惑なんだ。特定外来生物といって、日本に古くからある生き物を殺してしまう外国産の植物や動物がいる。その代表的な植物の一つがこれ、アレチウリ。ほうっておくと、一株《かぶ》で十メートル四方を占領《せんりょう》してしまうんだ。これがウワーッと増えたら、どうなると思う？　ほかの植物に日が当たらなくなって死んでしまう。だから駆除《くじょ》しなくてはならないわけだ」

ふうん。なんだか理科の勉強をしているみたいだ。

五年生になって最初に習ったのは「植物の発芽と成長」について。インゲンマメの種子を容器《ようき》に入れて、水を与《あた》えたのと与えないのとで成長を比較《ひかく》する実験を今やっている。

ヤブガラシやアレチウリより、ぼくはヘビイチゴのほうが気になった。店で買うイチゴより粒が小さいけれど、ちゃんと赤くておいしそうだ。

「あれ、食べても平気？」

「ああ、平気だよ。ヘビの代わりに、食べてあげてごらん」

村長さんがいったので、ぼくはしゃがんで草の陰《かげ》の実に手をのばした。

そのとき、茶色いものが目の前を横切った。ひもみたいな細いものが。

思わず手を引《ひ》っ込《こ》めた。もしかして、本物のヘビ？

「おやおや、ヘビイチゴを食べようとしていたのかな、ヘビさんが。これはナイスタイミングだ」

村長さんがカールおじさんの顔になって笑った。

なにがナイスタイミングだ！　ぼくは声をあげて逃《に》げた。

本物のヘビを見たのは、遠足で動物園に行ったときの一回きりで、ものすごく気味がわるい生き物だと思った。

「毒ヘビじゃないから大丈夫《だいじょうぶ》だよ」

後ろから所くんの声がした、と思ったら、次の一歩で足がすべった。

はずみで、五十センチくらいの幅《はば》の小川に勢《いきお》いよく落ちてしまった。

助けてくれたのは、すぐそばで橋の補修《ほしゅう》作業をしていた人たちだった。下半身が水びたしになったことよりも、みんなに笑われたことのほうが恥《は》ずかしかった。

「ここにも橋があったらよかったのにな」

プロレスラーのように大きな人がぼくを抱《だ》きかかえて起こし、首に巻《ま》いていたタオルで顔をふいてくれた。こっちのグループの人たちは、小川にかけてあった手製《てせい》の橋を点検《てんけん》し、修理しているところだった。

「シジミ川に落っこちたか。ポケットの中にシジミが入ったんじゃないのかな」

村長さんがやってきて、そのまま長靴《ながぐつ》で川に入った。

水はひざの高さくらいしかなく、川というより大きな水たまりのような感じだ。その中に村長さんは両手を突《つ》っ込《こ》み、しばらくなにかを探《さが》している様子だった。

「ほら、あったぞ」

そういって右手をぼくのほうに差し出した。

黒っぽいものが一つ手のひらにのっていた。

「もしかして、貝?」

「そう。シジミだよ」

シジミは知っている。お母さんがつくる味噌汁《みそしる》によく入っていたから。

でも、貝は海で採《と》れるものではないのかな。アサリやハマグリと同じで。

「これ、食べられるの？」

「食べられなくはないけど、まずいよ。淡水《たんすい》シジミだからね。種類が違《ちが》うんだ」

ヘビイチゴがあったり、本物のヘビが出てきたり、川にシジミがいたり。水辺の楽《がっ》校《こう》にはいろんな生き物が生息しているようだ。ぼくたちが住んでいるところとはぜんぜん違う。自転車に乗ったら十五分くらいでこられる場所なのに。

橋の修理をしている人たちのことも、すぐそばで見学した。それは木の枝をたくさんならべた橋で、いかだのミニチュアみたいだった。枝を二本の芯棒《しんぼう》にすきまなく打ちつけ、ひもで固くしばってあった。釘《くぎ》がゆるんだり、折れそうになったところを新しい木に取《と》り換《か》える。簡単《かんたん》そうなのに、だいぶ時間がかかる作業のようだった。

「では、きょうのゲストに安全を確認《かくにん》してもらおう。高沢くん、わたってごらん」

プロレスラーのような人にいわれた。

安全を確認？　ということは、もしかしたら安全じゃないかも？

こわくなった。また川に落ちるのは嫌《いや》だ。

大人の人たちが、なんだかニヤニヤしながらぼくを注目していた。これって、ワナみたいなものじゃないかという気がした。

どうしようか迷《まよ》っていたら、後ろから声をかけられた。

「大丈夫《だいじょうぶ》だよ。いっしょにわたろう」

所くんだった。

かるく背中を押《お》され、はずみで橋に乗ってしまった。少しからだが沈《しず》んだ。

「わっ！」

また大きな声が出てしまった。

ぼくにくっついて所くんも橋の上に。ぎしっと足もとが揺《ゆ》れた。

急いで足を動かした。一、二、三！　向こう岸までほんの三歩で着いた。

「よーし、オーケー。ご苦労さん」と村長さんがいった。「手作りだから、多少はたわむ。でもノープロブレムだ。子どもがならんで歩いても問題ない。わたしたちが責《せき》任《にん》を持ってつくっているものだからね」

ほっとしたら、また背中に汗が流れた。

セリのゴマ和《あ》えはまずかった

その日の夕方、お父さんにセリを見せると、

「おお、これはなつかしい」と大げさなくらいに喜んでくれた。

お父さんが子どものころ、セリのゴマ和えというのがよく食卓《しょくたく》に出たのだそうだ。

「おじいちゃんたちに見せてごらん。きっと喜ぶから」

お父さんのお父さんやお母さんが住んでいるマンションは、ここから歩いて十分くらいのところにある。ぼくはセリをビニール袋《ぶくろ》に入れて自転車に乗った。

「ぼくが採《と》ってきたんだよ」というと、おじいちゃんもおばあちゃんも、お父さん以上にうれしそうな顔をした。ほんとうは村長さんが採ってくれたんだけど。

「じゃあ、さっそくゴマ和えにでもしてみようかね。しんちゃんも食べてみなさい」

おばあちゃんは大事そうにセリを持ってキッチンに行った。

ヤブガラシやヘビイチゴの話もしてあげたら、

「それはすごい。しんちゃんは将来《しょうらい》、博士になれるよ」とほめられた。

ついでにおこづかいをもらったのは、家族には内緒《ないしょ》にしておこう。

一番うけたのは『チロリン村とくるみの木』の話だった。おじいちゃんたちもむかし、その人形劇《にんぎょうげき》をテレビで観《み》たことがあるのだそうだ。テーマソングをまだ覚えているといって、ぼくの前で歌ってくれた。

ランランチロリンやさい村
うれしい村だよとぼけ村
みんなのむねに　夢《ゆめ》の花
「みなさんトンペイです　よろしくね！」

ブハッ！　へんてこりんな歌！

おじいちゃんがこんな歌を歌ってくれたのは初めてだ。

「歌手はたしか黒柳徹子《くろやなぎてつこ》さんだったな。なつかしいねえ」

しわのあいだにかくれた目が、いつもより大きくなって光った。

できごとの報告《ほうこく》をしただけなのに、二人とも若《わか》がえったみたいに楽しそうだった。

ぼくはなにかよいことをしたようで、晴れがましい気分になった。

それなら、また水辺の楽校《がっこう》に行ってみようかな。今度はヘビイチゴや淡水《たんすい》シジミを見せてあげよう。草刈《くさか》りはとても疲《つか》れたし、小川に落ちて笑われたのは恥《は》ずかしかったから、もう行かないつもりでいたんだけど。

おばあちゃんのゴマ和えができた。どんなにおいしい料理かと期待していたら、はずれた。ゴマで黒くなったホウレンソウの茎《くき》みたい。変なにおいがして、口に入れたら苦かった。「大人の味」っていうやつかな。舌《した》がしびれた。

リコーダーで「ホーホケキョ」

村長さんにいわれたとおり、学校の図書室でヘビイチゴのことを調べてみた。

そんな名前のイチゴはないのではないか、村長さんが勝手につけた名前ではないかと思っていたら、あった！　ほんとうにあった。

おどろいたのは、「近縁種《きんえんしゅ》」として、ヤブヘビイチゴ、オヘビイチゴ、ヒメヘビイチゴなど、似たような名前のイチゴがいくつも紹介《しょうかい》されていたことだ。写真もみんなよく似《に》ている。だれが、なんのために、こんな分類をしたのだろうか。まとめてヘビイチゴにしておけばいいのに。

ヘビイチゴとヤブヘビイチゴの「交配種」はアイノコヘビイチゴ？　笑ってしまった。きっと村長さんだって、こんなことまでは知らないだろう。ぼくは少しかしこくなったような気がした。

ついでに、タチヤナギのところも見た。すごい。ほんとうに十種類以上も「なんとかヤナギ」の項目《こうもく》が続いていた。おじいちゃんはぼくのことを、博士になれるっていってくれたけど、博士になるには、こんなことまで覚えなくてはならないのかな。ギヨエーッて感じ。無理に決まっている。

もうページを閉《と》じようとしたとき、ぼくの頭のセンサーが反応《はんのう》した。「タチヤナギにクワガタを発見」という文章が目に入ったからだ。木の幹《みき》に小さな黒い虫が留《と》まっている写真がそこにあった。

クワガタやカブトムシは、ぼくたちにとって宝物《たからもの》だ。でも本物は、いなかや森に行かなければ採《と》れないって聞いた。デパートで売っているのを見たことはあるけど、値《ね》段《だん》が高くて小学生には買えない。もしかしたらチロリン村のタチヤナギにも、クワガタやカブトムシがくるのだろうか。考えただけで胸《むね》がわくわくした。くるのだったら夏まで水辺の楽校《がっこう》に通いたい。そう思った。

次の日曜日、ぼくはまた所《ところ》くんと自転車で玉ノ川の土手に行った。

図書室で学習したことを報告《ほうこく》すると、村長さんは小さな目をいっぱいに開いて、

「オーマイゴッド！」と大きな声を出した。喜んでくれたみたいだ。

「ほかの木のことも調べてみたら、クルミにもクワガタがくるって書いてあった」

「なるほど。わたしも目撃《もくげき》したことはある。でも、クルミよりはこっちのほうだ」

そういって村長さんは、チロリン村の入り口から五メートルほど入ったところにある木を指さした。

「もしかして、アイノコクルミとか？」

「はっはっは。高沢《たかざわ》くんはジョークもうまいな。でも、アイノコヘビイチゴはあっても、アイノコクルミはない。たぶんね。これはクヌギだ。聞いたことないかな？」

「聞いたことぐらいは、あるかも」

ぼくは木のそばまで行って、幹にさわってみた。

表皮がゴツゴツして硬《かた》く、たてに割《わ》れ目《め》が入っている。あまりきれいではない。

「クワガタやカブトが一番好きな木だと思うよ。元は玉ノ川の上流付近に生えていた

んだが、洪水《こうずい》で種がここまで流されてきた。植物はそんなふうに広がってゆくんだ」

「ずいぶん古そうな木。もう年寄《としよ》りなの？」

「いや、これはまだ若者《わかもの》だ。人間だと、きみくらいかな。『桃栗《ももくり》三年柿《かき》八年』って言葉がある。モモやクリは三年、カキは八年ほどで大人の木になるって意味だね。クヌギはクリの仲間だから、生長するのが早いんだ。この木だと五、六歳《さい》かな」

ぼくは感心した。村長さんは植物の博士みたいだ。コンビニにいるときはただのカールおじさんなのに、話をすると図鑑《ずかん》のようにたくさん知識《ちしき》がある。

「夏になると、クヌギの木は樹液《じゅえき》を出すよ。そこにいろんな虫が集まってくるんだ」

所くんも説明してくれた。

「じゃあ昆虫採集《こんちゅうさいしゅう》ができるね」

クワガタやカブトムシや、珍《めずら》しいアゲハチョウなどをいっぱい集めて標本をつくるのが、ぼくの夢《ゆめ》だった。夏休みはいつもコンクールに向けてピアノの特訓があるから、ただの夢でしかなかったけれど。

「昆虫採集はしないんだ、ぼくたちは」

所くんは意外なことをいった。

「えっ、どうして？」

「ここの生き物は、ここで生活するのが幸せだからだよ。つかまえて家に持って帰ると、昆虫でも魚でも、すぐに死んでしまうんだ。環境《かんきょう》が変わるから」

「採ってはいけないの？」

「採らなくても、ここにくれば観察できるし。ひとり占《じ》めはいけないってチロリン村の人たちに教わった」

聞いてぼくはがっかりした。

いろんな生き物がたくさんいるのなら、少しくらい採ってもいいじゃないか。昆虫採集は夏休みの自由研究のテーマにもなっている。

村長さんのほうを見た。村長さんはぼくたちの話に耳をかたむけ、黙《だま》っていた。

そのこととは別に、二回目の水辺の楽校では新しい発見がいくつもあった。

まずウグイスの鳴き声を初めて近くで聞いたこと。ただの「ホーホケキョ」だけでなく、「ホーホケキョ、ケキョ、ケキョ」と続けて鳴くウグイスがいるということも知った。静かな森の中に、きれいな声がよく響《ひび》いた。

その鳴き声をまねして、所くんがリコーダーを吹《ふ》いたのにはびっくり。音楽の授《じゅ》業《ぎょう》で使う楽器をこんなところに持ってくるとは。

でも、うまく音を出せなかったので、ぼくは鳴き方を音符《おんぷ》にして教えてあげた。

ついでに、ほかの曲の吹き方も。

「すごいんだね、高沢くんは。将来《しょうらい》はきっとベートーベンみたいになれると思う」

そんなことをいいながら、所くんは熱心にリコーダーの練習をした。


二つ目の発見は、ススキとそっくりなオギという植物があるのを知ったこと。

その日の行事はアレチウリの駆除《くじょ》で、ぼくはまた鎌《かま》を借りて参加した。前の週に刈《か》り取《と》って地面に敷《し》いておいた草が、もうベージュのじゅうたんのようになっていた。

その上を踏《ふ》みしめながらアレチウリのツルを鎌で切りはらい、川のほうに進んだ。

そこでぼくたちを待っていたのは、それまでとぜんぜん違《ちが》う風景だった。草や木が生《お》い茂《しげ》る元気なジャングルが、さびしい河原《かわら》の雰囲気《ふんいき》に変わった。

一面のススキが、目の前でふさふさと風に揺《ゆ》れていた。日の光を真上から受けて、穂《ほ》の部分が銀色に輝《かがや》く。「おいで、おいで」と、ぼくたちを手招《てまね》きしているようで、なんとなくこわかった。

「ススキがいっぱい」と声に出したら、

「ススキじゃない。これはオギだ」と村長さんがいった。

背《せ》の高さも、穂の形も、みんなススキだ。オギなんて名前は知らない。

「ススキだと思うけど……。どこが違うの？」

「見た目はよく似ている。でも、ちょっと違うな。きみは熱心な子だから、また図書室で調べてごらん。人に教わったことじゃなく、自分で調べたことは忘《わす》れない。納得《なっとく》できればちゃんと知識になる。ヘビイチゴのときみたいにね」

その場で答えを教えてほしかったのに、村長さんは教えてくれなかった。

三つ目の発見は、ものすごく大きなカエルが何匹《なんびき》も池にいたこと。そこはオタマ池とよばれている大きな水たまりで、ほとりにタチヤナギが何本もならんでいた。ぼくが木にもたれて休憩《きゅうけい》していたら、水の中からグォーッ、グォーッという牛のような鳴き声が聞こえてきた。

これがウシガエルという カエルの声かと思い、池をのぞき込《こ》もうとしたら、いきなり大きなものがグワッと飛び出してきて顔に水がかかった。こわいテレビドラマによく出てくるシーンみたいに。ぼくのからだは跳《は》ね上《あ》がった。はずみで足がすべり、池の中に落ちてしまった。

二週連続の水びたし。みんなから運動神経《しんけい》のわるい子だと思われたかもしれない。運動神経なら、ぼくより所くんのほうがずっとわるいはずなのに、どういうわけか水辺の楽校ではそんな感じがしなかった。所くんはほかの子たちと同じようにすばやく木登りができたし、草刈りのときも、けっこう動作が機敏《きびん》だった。

黒ぶちメガネの鈴木《すずき》くんがいった「二重人格《じんかく》」という言葉を思い出した。同じガッコウでも、第三小学校にいるときと水辺の楽校にいるときとでは、所くんの中身が変わるのかもしれない。どうしてそんなふうになるのだろうか。

いじられキャラが進行中

クラスの中で、所《ところ》くんは相変わらず笑われたり、からかわれたりした。からだが大きくて、人からいじられても平気そうに見えるから、みんな安心してかまうのかもしれない。

国語では、漢字やむずかしい表現《ひょうげん》をたくさん知っているのに、先生から発表するようにいわれると、緊張《きんちょう》してうまく言葉が出なかった。

「ぼ、ぼ、ぼくは」と、初めの語句《ごく》でつかえ、そのまま黙《だま》ってしまうことがあった。

「あわてないでいいのよ。ゆっくり話してごらんなさい」

大山《おおやま》先生がやさしくいうと、よけいプレッシャーを感じるようだった。

そんなとき、「つっかえトトロ」と、だれかが声をあげたことがある。

すると先生が珍《めずら》しく怒《おこ》った。

「だれですか、今いった人。それは人を差別するいい方ですよ」

でぶ、ちび、はげ、みたいに、人のからだの状態《じょうたい》をからかう言葉や、ださい、きもい、くさい、のように、人を不快《ふかい》にさせる言葉は使わないようにと、学校ではしょっちゅういわれていた。

先生が強く叱《しか》ったせいで、逆《ぎゃく》に「つっかえトトロ」は、先生のいないところで流行語になった。

音楽の授業《じゅぎょう》のとき、二人一組でリコーダーを吹《ふ》く練習があった。所くんのパートナーは女子の岡田《おかだ》さんだった。二人が出だしを合わせて演奏《えんそう》しようとした瞬間《しゅんかん》、

「トトロの楽器はオカリナじゃないのか」

黒ぶちメガネの鈴木《すずき》くんがふざけていった。

岡田さんはピーッと音程《おんてい》をはずしてしまい、所くんのほうはブッと鼻水を出した。

チロリン村で練習した成果が出るかなと期待したのに、まわりは爆笑《ばくしょう》だった。

音楽の田島《たじま》先生も「おいおい」とかいって笑ったから、音楽室が打ち上げ花火の会場のようになった。はじめは自然に笑い声があがり、そのあとも悪ふざけの大笑いがやまなかった。

「つっかえトトロ」や「はなみずトトロ」のほかにも、所くんはヘンテコなあだ名をつけられた。運動会の練習が始まってからは、その数がさらに増《ふ》えた。

ぼくたちの学校では毎年、早く新しい友だちと仲よくなれるようにと、五月に運動会が開かれる。その練習は四月のうちから行われた。時間をかけたのはダンスと組体《くみたい》操《そう》だった。

五年生のダンスに使う曲は、嵐《あらし》の「ＧＵＴＳ！」。振《ふ》り付《つ》けは去年と同じで、そんなにむずかしくなかったけれど、所くんは何回やっても上達しなかった。みんなよりテンポが遅《おそ》く、となりの人と手や足がぶつかりそうになることもあった。

組体操はもっとひどかった。ピラミッドは去年けがをした人がいて、今年はなし。その分、橋やしゃちほこをつくる体操が複雑《ふくざつ》になった。所くんはもちろん下に立って、上の人を支《ささ》える役ばかり。

でも見かけほど力が強くなく、バランス感覚もよくないため、上の人がグラグラして、ときには落下してしまうこともあった。練習は体育館にマットを敷《し》いてやっていたから、けがの心配はない。だけど本番のとき、マットのない校庭で落下したら大変だ。危《あぶ》ないし、みっともない。

ダンスでも組体操でも、同じグループになった人から「へなちょこトトロ」だとか「のろまのトトロ」だとかいわれ、最後は決まって「どなるぞトトロ！」。そのたびに所くんは「ごめんね」とあやまっていた。

「トトロって最低！　リコーダーの音階もわかんないんだから。ペアにさせられて、いい迷惑《めいわく》。運動会はもうビリが決定だし。去年もトトロのいる青組がビリだった」

ピアノのレッスンがあった日、岡田さんはぼくの部屋にきてまくしたてた。

幼《おさな》なじみとはいえ、もう五年生なんだから、人の部屋に無断《むだん》で入ってくるのはやめてほしい。

ぼくの家は、お母さんが一階でピアノ教室をやっている。岡田さんと立花《たちばな》さんは幼《よう》稚園《ちえん》に入る前からお母さんの教え子で、レッスンが終わると二階のぼくの部屋にきておしゃべりしたり、おやつを食べたりするのが習慣《しゅうかん》だった。立花さんのほうは、四年生になってから遠慮《えんりょ》するようになったけど、岡田さんのほうは変わらない。雰囲気《ふんいき》も男の子みたいだ。

「もう上にこないでほしい」といったら、

「なんで？　あ、もしかしてしんちゃん、あたしに気があるの？」だって。

目を丸くしてぼくの顔を見た。げっ！　目を丸くしたいのはこっちだ。

「トトロはちゃんと吹けるよ、リコーダー」

ぼくは所くんをフォローしてあげた。

「聞いたことあるわけ？」

「ある」

「どこで？　教室？」

水辺の楽校《がっこう》で、というわけにはいかなかった。

いったらあれこれ突《つ》っ込《こ》まれ、やがてお母さんの耳に入るのはまちがいない。これまで何回もそういうことがあった。

「でも、トトロが同じ組にいるからって、ビリが決定したわけじゃない」

ぼくは話題を変えた。

すると岡田さんは口をとがらせて反発した。

「決まってるじゃんビリに。障害物《しょうがいぶつ》レースはなくても、百メートル走とか台風の目とかある。それに騎馬戦《きばせん》も。トトロは自分だけじゃなくて、人の足も引《ひ》っ張《ぱ》るから」

「猫《ねこ》バスに乗ればきっと速いよ」

「そんなもの、あるわけないじゃん」

そうだ。あるわけない。

でも所くんの様子は、体育の授業でまわりの人からお荷物あつかいされているときと、チロリン村で草刈《くさか》りをしているときとでは、別人のようだった。猫バスではなくても、なにか目に見えない力が所くんにはたらいているのではないか。

カワニナと大きなザリガニ

ぼくのお母さんは、ピアノのレッスンをするときはけっこう厳《きび》しい。うまく弾《ひ》けないと手をたたかれることもある。でもそれ以外のときは、やさしいお母さんだ。

自分はむかし、ピアノのコンクールに出場して二位か三位ばかりだったので、ぼくには将来《しょうらい》、優勝《ゆうしょう》してもらいたい。そしてプロのピアニストになってほしい。それが夢《ゆめ》なのだという。すごいプレッシャーだ。

ぼくが四年生に進級して、図工の授業《じゅぎょう》で彫刻刀《ちょうこくとう》を使うと知ったとき、お母さんは泣きそうな顔になった。ピアニストは手が命だから、そういうものは持たせたくないといって。そのときはお父さんが丈夫《じょうぶ》な手袋《てぶくろ》を買ってきて、これをはめれば安全だからと、お母さんを説得してくれた。

「こんなもの使わなくていいが、けがには注意しろよ」

陰《かげ》ではそういって、ぼくの味方になってくれた。その手袋は工事の人が使う分厚《ぶあつ》いもので、それを手にはめて彫刻刀をにぎることは、しようと思ってもできなかった。

お母さんはぼくに、外で遊んではいけないとまではいわなかったけれど、けがを恐《おそ》れていることはぼくなりに理《り》解《かい》している。だから水辺の楽校《がっこう》で作業をするときには、暑い日でも必ず軍手をするようにしていた。

それなのに、悔《くや》しい！　ぼくは指に傷《きず》をつくるヘマをしてしまったのだ。

ゴールデンウィークが終わった次の日曜日。その日は一回で三回分ほどの作業をすることになった。前の週は大雨で清掃《せいそう》活動ができなかったため、チロリン村は様子がすっかり変わっていた。草の伸《の》び方がすごくて、人が足を踏《ふ》み入れられないほどになっていたのだ。

これまでも一週間たてば、切り開いた道はかなりふさがっていたけど、枯《か》れ草《くさ》のじゅうたんが見えなくなることはなかった。それが今回は、ほとんど見えなくなっていた。四月から五月になるということ、二週間あいだをおくということ。それが植物の生育にどれほどの変化をもたらすかということを、ガツンと思い知らされた。あんなに頑張《がんば》って草刈《くさか》りをしたのに、成果はどこにも残っていなかった。

また一からやり直しをするのか。ぼくは心の中でため息をついた。いくら草刈りが好きだといっても、これを目にしたら、だれだってモチベーションが下がるだろう。

そう思って、近くにいた村長さんの顔を見た。ちょうどそのとき、村長さんのほうもぼくに目を向けた。

「どうだ、高沢《たかざわ》くん。これが生きているものの生命力ってやつだ。すごいねえ」

感心したように笑顔《えがお》でいった。

笑顔で？　ここは感心なんかしている場合ではないんじゃないか。

「では一丁いきますか。きょうは筋肉《きんにく》がプルプルしそうだ」

大きなプロレスラーのようなおじさんも、鎌《かま》を取り出してうれしそうな様子だ。

ほかのメンバーを見わたしても、ぼくのようにがっかりしている感じの人はいなかった。この人たちは、そんなに草刈りがしたいのか。ぼくはおどろくというより、あきれた。

「きょうはダイエットになるかもね」

そういった所《ところ》くんも、ふだんより元気そうだった。

木々の高いところからは野鳥のきれいな鳴き声が聞こえるのに、視界《しかい》はすっかり草でおおわれ、前に進むのが大変だった。足もとはぐちゃぐちゃの田んぼ状態《じょうたい》で、すべって尻《しり》もちをついたら泥《どろ》まみれになりそうだ。長靴《ながぐつ》をはいてきてよかった。

大人の中でも若《わか》くて力のありそうな人たちが先頭に立ち、大きな鎌でバサバサと草をはらいながら道をつくってくれた。

「ほら、ここ見て」

ぼくの前にいた所くんが、タチヤナギの太い幹《みき》を指さした。

下から三十センチくらいまでが黒くなっている。さわると軍手がしっとりぬれた。

「まだ乾《かわ》いてない」

ぼくは指先をズボンの尻でぬぐった。

「玉ノ川からこっちに水が流《なが》れ込《こ》んだんだよ。この黒いところまで」

「洪水《こうずい》になったの？」

「このへんは低いから、大雨になったら水びたしになる。そうしたら上流から、いろんな漂流物《ひょうりゅうぶつ》がやってくるんだ」

漂流物？　所くんはまたむずかしい言葉をつかった。

その意味は、それから五分もしないうちにわかった。

「おーい、みんなきてごらん。すごいお客さんだ」

前のほうで村長さんの声がした。

新しくできた道をゆっくり進んでゆくと、なんだか得体の知れないものがシジミ川のほとりに横たわっていた。泥にまみれた特大の凧《たこ》みたいな。おそるおそる近づいてみた。

ウシガエルにおどろかされた記憶《きおく》がよみがえり、五メートルほど手前のところで足が止まった。いきなり凧が空に舞《ま》い上《あ》がるのではないか。

「うへー、これは片《かた》づけが大変だ。十畳分《じょうぶん》くらいはあるぞ」

若《わか》いおじさんが端《はし》っこを持っていった。

何人かでそれを地面に広げると、笑い声が起こった。

汚《よご》れて元の色はわからなくなっていたけれど、ぬれてぐったりとしたじゅうたんだった。漂流物。なんでこんなばかでかいものが流れてくるんだ？

「去年の台風のときのより大きいんじゃないかな」

「あれは高級品だったが、こっちは安物だ。しかし、めっちゃ重い」

「早いとこ片づけましょう」

メンバーの人たちは口々にいって漂流物を持ち上げた。

「きみたちも手伝ってくれるか。いい運動になるよ」

村長さんの指示《しじ》で、ぼくと所くんもその場に鎌をおいて作業に加わった。ここからチロリン村の外まで、じゅうたんを運び出すようだ。道ができたとはいえ、人が一列でやっと通れるくらいの幅《はば》しかないのに。

思ったとおり、それはとてもきつい作業だった。何人もの人が足をすべらせたり、じゅうたんの上に倒《たお》れ込《こ》んだりした。大人にまじって、ぼくは手をそえる程度《ていど》だったけれど、ほかの人たちは汗《あせ》だくだった。それでも「一、二、一、二」と声をそろえ、草をかき分けながら道を戻《もど》っていった。

この人たちは前の年も、その前の年も、こんなに苦労して森を守ってきたのか。むだに労力を費やしているとは思わないのだろうか。ちょっと疑問《ぎもん》に感じた。

でも、子どもたちが楽しく学べる場所を守るために一生懸命《いっしょうけんめい》頑張っている。それはりっぱだと思った。所くんがいった「尊敬《そんけい》にあたいする」というやつかな。

漂流物は、じゅうたんのほかにもたくさんあった。ビニールシートや段《だん》ボール、大きなソファーに折りたたみいす、脚《あし》が取れたテーブル。雑誌《ざっし》や新聞は数え切れないほども。水の力はすごいんだと実感した。

ホームレスの人たちの持ち物だけでなく、いらなくなったものを川岸に捨《す》てる人がいるから、大雨や台風のたびに大量の廃品《はいひん》が川を下ってくるのだという。

じゅうたんをチロリン村の外のゴミ捨て場まで運び出したら、参加した全員がその場にへたり込んでしまった。じゅうたんの汚れや転んでついた泥で、みんなの服はぞうきんみたいになっていた。

「こりゃたまらん。ちょっと早いけど休憩《きゅうけい》にしましょう」

村長さんが地べたに寝《ね》ころがっていった。

親に連れられてきた幼児《ようじ》たちが、オタマ池から流れてくる小川のそばにしゃがみ込んでいた。ぼくたちが近づいてゆくと、

「お兄ちゃん、カワニナがいたよ」

「ザリガニも。ほら見て、あそこ」

目を輝《かがや》かせて所くんの手を引っ張った。所くんは子どもたちに人気があるようだ。ぼくもならんでその場にしゃがんだ。休憩中だったので、軍手ははずしていた。

「高沢くん、カワニナって知ってる?」

「知らない。魚かなにか?」

所くんに聞き返したら、五歳《さい》くらいの女の子が「違《ちが》うよ」といって、ぼくに右手を差し出した。

「これがカワニナだよ」

手を開くと、小さな黒っぽいものが現《あらわ》れた。虫かな？　ちょっと気味がわるい。

「小さな巻貝《まきがい》なんだ。ゲンジボタルのえさになる」

所くんが教えてくれた。

「ゲンジボタルって、ホタルのこと？」

「そうだよ。このへんに生息している」

「ホタルが水にもぐって貝を食べるの？」

「水の中で生活する幼虫《ようちゅう》のあいだだけ、えさにするんだ」

女の子が「はい、あげる」といってぼくにカワニナを持たせようとした。

噛《か》んだり刺《さ》されたりしないだろうか。

ぼくが手を引っ込めたままでいると、

「おじさん、こわいの？」と別の子にからかわれた。

ブッと吹《ふ》き出《だ》しそうになった。人生で初めていわれた「おじさん」！

なぜ所くんは「お兄ちゃん」で、ぼくは「おじさん」なんだ？　逆《ぎゃく》ならわかるけど。

「こわくなんかないよ」

ぼくは勇気を出してカワニナを手のひらに受けた。痛《いた》くはない。ホッ。たしかに巻貝の形をしている。

「じゃあ、ザリガニも平気？」

鼻水をたらしたちびっ子にいじられた。

「…………」

小川の水の中をのぞいてみた。浅い底のほうに、泥の色と同化したような四、五センチのザリガニがひそんでいた。ちっぽけなくせに、いちおう前足に一対《いっつい》のハサミを持っている。

「まだ小さいから大丈夫だよ。さっと背中《せなか》をつかめば挟《はさ》まれない」

所くんが右手の親指と人差し指でつかみ取るようなしぐさをした。慰《なぐさ》められているのか、励《はげ》まされているのか。

「おじさん、ザリガニさわったことないの？」

カワニナをくれた女の子にいわれた。かわいい顔をしているのに、かわいくない。

軍手をはめておけばよかった。いまさらここでポケットから取り出すわけにはいかない。胸《むね》のドキドキが少し速くなった。

まあ、ちっぽけなザリガニじゃないか。万が一ハサミにやられても、たいしたことはない。そう思って、そう思おうとして、「いいよ。やってやる」と声に出した。

えい！　親指と人差し指を水の中に入れた。……なんともない。

ザリガニが反応《はんのう》して、ピクッとからだを動かした。小さなハサミを振《ふ》り上《あ》げる。

そんなもの、こわくないぞ。ぼくは相手の背中を上から押《お》さえつけようとした。

そのとき、ザリガニの背後《はいご》から別のハサミが現れた。太くてもっとりっぱなハサミが。すばやい動きでよく見えなかったけど、ひとまわりもふたまわりも大きなザリガニのようだった。

やばいと思った瞬間《しゅんかん》、人差し指の先に痛みがはしった。

保《ほ》育《いく》園《えん》児《じ》とお祈《いの》りをする

その日は午後、お母さんとピアノのレッスンがあった。汚《よご》れた服は帰りに学校に寄《よ》って着替《きが》え、血が出た人差し指には、村長さんからもらった透明《とうめい》のテープを貼《は》った。白い鍵盤《けんばん》に赤いしみがついたらどうしようかと気をもんだけれど、なんとか二時間もってホッとした。

「きょうは集中力があったわよ。それだけ上達したってことかな」

お母さんはいつになくきげんがよかった。

ぼくがずっと自分の指先と鍵盤を見つめて演奏《えんそう》していたのを、集中力の表れと誤解《ごかい》したようだ。

大きなザリガニが出てきたことについて、所《ところ》くんは何度も「ごめんね」といった。夏前にあんな巨大《きょだい》なザリガニを目にしたことはなかったのだそうだ。

ぼくの指先から血が出たのを見ると、幼児《ようじ》たちもびっくりした。女の子は村長さんのところに走ってゆき、「おじさんの指が切れちゃった！」と大騒《おおさわ》ぎした。実際《じっさい》にはハサミの先が指のはらに小さな傷《きず》をつけ、血がにじんだ程度《ていど》だった。

女の子はさかんに同情《どうじょう》してくれたあと、

「おじさん、またくるの？」とたずねた。

「どうしようかな」

この日の疲《つか》れと汚れ方、そしてザリガニに攻撃《こうげき》されたショックは、さすがにちょっと尾《お》を引きそうな感じがした。

「えりなちゃんは今度、保育園の先生やお友だちといっしょにくるんだよ」

「えりなちゃんて？」

「あたしの名前。あんどうえりな。五歳《さい》」

そういって、女の子はパッと片手《かたて》を広げた。五本の指を立てたのだ。

「さくら幼稚園《ようちえん》だったかな?」

「つぼみ保育園だよ。次の次の月曜日にくるの。おじさんもきたら、痛いのが治るお薬をあげる」

「月曜日はおじさん、学校があるんだ。でも、こられたらいいね」

自分のことを「おじさん」とよんだのも、生まれて初めての体験だった。

「お祈りすれば大丈夫《だいじょうぶ》だよ。こうやって、ちゃんと目をつぶるの」

女の子は小さな手を組み合わせ、お祈りをする姿勢《しせい》になった。

黙《だま》って見ていたら、「おじさんもやりなさい」と強制《きょうせい》された。

運動会で起こったこと

　ぼくたちの学校の運動会は、五月の第三土曜日に予定されていた。でもその日は天気がわるく、翌日《よくじつ》の予備日《よびび》に持《も》ち越《こ》された。色分けの抽選《ちゅうせん》は学年のクラスごとに行われ、五年四組は青だった。

「あーあ、思ったとおり」

「嫌《いや》な予感」

　岡田《おかだ》さんと立花《たちばな》さんは、青の鉢巻《はちまき》が配られると、わざとらしく肩《かた》を落とした。

　三色対抗《たいこう》の運動会で、去年青組は断《だん》トツの最下位になり、赤と黄が優勝《ゆうしょう》を争《あらそ》った。

　所《ところ》くんが青組だったから負けたわけではない。ぼくは岡田さんにそういったけど、所くんのせいもあって得点がのびなかったのは事実だ。

今年は競技《きょうぎ》で大きなミスをしないように。また青のしまパンとかいってばかにされないように。ぼくは心の中でそう願った。五年生に進級したばかりのころは、所くんと席がとなりになったのを残念に思ったけど、今では友だちだった。ふつうの子と違《ちが》うところがあるから、よけいに応援《おうえん》してあげたい友だちだった。

運動会の当日、ぼくの両親もおじいちゃんもおばあちゃんも、みんなきてくれた。ぼくが百メートル走でグループ一位になったとき、保護者席《ほごしゃせき》で立ち上がって手を振《ふ》っているのが見えた。騎馬戦《きばせん》でも、ぼくは上に乗る大将《たいしょう》になって、敵《てき》の帽子《ぼうし》を二つ取った。これで五点くらいゲットしたかな。青組の得点に貢献《こうけん》することができたから、「鼻高々」という気分だった。

所くんのほうは、残念ながらというか、やはりというか、岡田さんたちの予感が的中してしまった。

百メートル走は大差のビリだった。速い子が多いグループだったので、仕方ないと思う。騎馬戦では、からだが大きいから馬の先頭役をやらされていた。ピストルが鳴って、敵も味方も勢《いきお》いよく前に押《お》し寄《よ》せる場面で、所くんの騎馬は出遅《でおく》れた。あとでまわりから聞いた話だと、その場で足踏《あしぶ》みをしている感じだったらしい。所くんは人とぶつかったり争ったりする競技が苦手なのだ。

「早く行けよ！」と大将に命令されても、スタートラインのあたりでウロウロしていた。敵の騎馬がすごい勢いで突《つ》っ込《こ》んでくると後ろに下がり、帽子を取られる前に騎馬ごとつぶれてしまったようだ。きっと相手のプレッシャーに足がすくんでしまったのだろう。

それよりひどかったのは台風の目だった。長い棒《ぼう》を四人で持って走り、おいてある二カ所のコーンのところで旋回《せんかい》し戻《もど》ってくるリレー競技だ。足の速い子が外側を、遅《おそ》い子が内側を担当《たんとう》するようにメンバーの配置を決める。所くんが一番内側だったのはいうまでもない。

リレーの順がまわってきたとき、青組は二位と五メートルくらい差をつけて先頭に立っていた。所くんはスタートでつまずくこともなく、他のメンバーと足並《あしな》みをそろえてコーンまで走った。そこで内側の人はスピードをゆるめ、棒を大きくまわすようにしながら、外側の人が旋回するのを待つ。

それなのに、所くんはスピードをゆるめなかった。自分だけ遅れることのないようにと、それだけを考え、必死だったのだろう。所くんたちのグループは、一つ目のコーンを越えたところで大きな弧《こ》を描《えが》いた。まわりからどよめきと笑い声があがった。

外側のランナーは走る距離《きょり》が増《ふ》えたので、なんとか速く旋回しようとあせったみたいだ。まわりきらないうちに足がもつれ、つんのめってしまった。棒を持ったまま倒《たお》れたので、内側のランナーたちも次々と倒れ込むことに。ドミノ倒しを見ているようだった。

赤組と黄色組の応援席から歓声《かんせい》がわいた。ぼくたち青組の選手は茫然《ぼうぜん》となった。態勢《たいせい》を立て直して二つ目のコーンに向かうとき、もう赤に抜《ぬ》かれ、黄色にも追いつかれていた。さらにコーンをまわりそこねて失速し、スタートラインに戻ってきたときには断トツのビリ。あと三つのグループが控《ひか》えていたけれど、この段階でほぼ最下位が決定した。

閉会式《へいかいしき》での成績《せいせき》発表を待つあいだ、応援席は毎年、エールの交換《こうかん》を行ったりそれぞれの応援歌を披露《ひろう》したりして盛《も》り上《あ》がる。でも青組の席は、去年に続いて今年も盛り上がらなかった。習ったばかりの四字熟語《じゅくご》でいうと、意気消沈《いきしょうちん》。

所くんは青組の五・六年生からバッシングを受けた。「ヤクビョウガミ！」とか「死んじまえ！」とか、ひどい言葉を浴びせられた。

成績発表の結果は予想どおりだった。でも二位の赤組とは五十点も差がついていたから、最下位は所くんだけのせいではない。全体の力で負けたのだ。

そのことを運動会の終了《しゅうりょう》後、所くんに伝えようと思っていたのに、ぼくは会場整理係だったのでうまく時間がとれなかった。保護者席の片《かた》づけや落とし物の確認《かくにん》などをすませてから教室に戻ると、所くんはすでに下校していた。

もしかしてコンビニに寄《よ》っていないかと思い、村長さんの店に行った。

この日おじさんは午前中、入場門のわきに立ってぼくたちを見てくれていた。

「残念だったね。所くんはついさっき帰ったところだ」

村長さんは店の制服《せいふく》を着て、雑誌《ざっし》売り場の前にいた。

「落ち込んでなかった？」

「少しだけね。でも大丈夫《だいじょうぶ》だ。あの子は立ち直りが早いから」

「そうかな」

そうだったらいいけど。

「あしたはきみに任《まか》せるっていったら、こんなふうに目をパチクリしていた」

村長さんは指で自分の両目を開き、眼球《がんきゅう》をグルッとまわした。

はっはっはと大きな声で笑うと、いつものカールおじさんの雰囲気《ふんいき》になった。

「なにを任せるの？」

「おや、高沢《たかざわ》くんは行かない？」

「どこへ？」

「水辺の楽校《がっこう》に決まってるじゃないか。あしたは代休だろ？　保育園《ほいくえん》のちびっ子たちが遊びにくる日だ。わたしは仕事で行けないから、案内係を所くんに頼《たの》んだ」

保育園のちびっ子。反射的《はんしゃてき》に、カワニナをくれた女の子の顔が浮《う》かんだ。

「次の次の月曜日」とかいっていたことも、お祈《いの》りの格好《かっこう》をさせられたことも、いもづる式に思い出した。あれからもう、そんなに時間がたったのか。

それにしても、小学生の所くんに案内係を任せるなんて。いいのだろうか。

ぼくの顔を見て、村長さんは「おや」と首をかしげた。

「そうか、高沢くんはまだよく知らないんだな、あの子のことを。だったらぜひ、あした出かけてごらん。きみも今以上にチロリン村が好きになるから」

そういって村長さんは、雑誌売り場の前でポンとぼくの肩をたたいた。

所《ところ》くんのもう一つの顔

次の日、ぼくはいつもより早くチロリン村に着き、高い木に登ってみんながくるのを待った。偵察《ていさつ》というやつだ。所くんは、村長さんの代わりにあいさつをするのか。保育園《ほいくえん》の子たちをどんなふうに案内するのだろうか。はじめのほうだけ、木の上からじっくり見てやろうと思った。

最初にやってきたのは所くんだった。リュックのほかに、大きな袋《ふくろ》を自転車のかごに載《の》せていた。チロリン村の掲示板《けいじばん》のそばに荷物をおくと、所くんは鎌《かま》を取り出して足もとの草刈《くさか》りを始めた。一週間のあいだに、あたりにはまたびっしりと草が生《お》い茂《しげ》っていた。

左の手首に包帯を巻《ま》いていたのは、騎馬戦《きばせん》でつぶれたときに痛《いた》めたのか。傷《きず》を負ったにしても、草を刈る姿《すがた》はふだんと変わらず楽しそうだ。村長さんがいったとおり、所くんは立ち直りが早いタイプなのかもしれない。

五分ほどして、いつものメンバーの人たちが集まり出した。これまでは平均《へいきん》十五人くらい、子どもを含《ふく》めて三十人近くいたのに、この日は七、八人ほどだった。月曜日だからだろう。

さらにそれから五分後、二人の先生に引率《いんそつ》されて保育園児の集団《しゅうだん》が姿を現《あらわ》した。黄色い花が咲《さ》いたように見えたのは、全員がかぶっている帽子《ぼうし》のせいだった。二十人くらいか。それまで野鳥のさえずりがあちこちから聞こえていたのに、子どもたちが到《とう》着《ちゃく》すると、あまりのにぎやかさにかき消されてしまった。

整列した園児の前に立ったのは、プロレスラーのように大きなおじさんだった。

「みなさん、おはようございます。きょうは元気ですかー」と声をかけた。

「元気でーす！」

大合唱があたりに響《ひび》いた。

「よろしい。すばらしく元気な声だ。わたしは坂本《さかもと》といいます。筋肉《きんにく》モリモリの坂本おじさん。よろしくね。そしてもう一人、きょうみなさんといっしょに遊んだり、いろんなことを教えてくれたりするお兄さんがいます。紹介《しょうかい》しましょう、小学五年生の所お兄さんです」

坂本さんの拍手《はくしゅ》に促《うなが》されて、園児たちもいっせいに手をたたいた。

所くんがゆっくり前に出てきた。そして坂本さんのとなりに立つと、はにかみながら頭を下げた。

「ぼくは筋肉モリモリ、じゃなくて、おなかタプタプの所お兄さんです。からだが大きくて太っちょだから、あだ名はトトロ。知ってる人いるかな?」

「知ってる! テレビで観《み》た」

「おばけなんだよ、トトロは」

すぐに何人もが反応《はんのう》した。

ちょっとびっくり。こんな小さな子たちがトトロを知っているとは。

「ぼくはおばけじゃないので、心配いりません」所くんは笑顔《えがお》になっていった。「ここは水辺の楽校《がっこう》っていいます。きれいなお花が咲いていたり、かわいい虫さんがたくさんいるんです。川にはお魚や、おたまじゃくしなんかも。わくわくしちゃいますね。きょうはみんなで仲よく、たくさん見ていってください」

これにはもっとびっくりした。

相手が小さな子どもたちとはいえ、人前で所くんが、こんなにきちんと話ができるなんて。まるで村長さんみたいだ。

「あ、そうだ。もう一人、ぼくの友だちも紹介しなくては」

そういって所くんは右腕《うで》を上げ、こっちを指さした。

「木の上にかくれている人がいます。おもしろいですね、セミのまねをしているのかな。ぼくの同級生の高沢《たかざわ》お兄さん。もういいよ、降《お》りてきてください」

園児だけでなく、集まっていた全員の顔が、いっせいにぼくのほうを向いた。

なんてことだ！　見られていたなんて。

たくさんの視線《しせん》が矢のように飛んでくる感じだった。羞恥心《しゅうちしん》！

ぼくは急いで木から降りた。視線とともに爆笑《ばくしょう》も追い打ちをかけた。

「セミのまね」という表現《ひょうげん》にはイラッとしたけど、所くんの説明はその後もおもしろかった。坂本さんと集団の先頭に立って、足場が安全そうな場所を選びながら園児を引率し、植物や昆虫《こんちゅう》と出合うたびにクイズを出した。

「これはセイタカアワダチソウという植物です。名前の理由は、①背《せ》が高いから、②性格《せいかく》がわるいから。さて、どっちでしょう？」

「この植物の名前は、①長いヒゲみたいだからリュウノヒゲ、②いや、髪《かみ》の毛《け》みたいだからリュウノカミノケ。わかる人いるかな？」

「ほら、そこにバッタがいます。大きいのが小さいのをおんぶしているから、名前はオンブバッタ。ほんとうか、うそか？」

こんなふうに十問ほど出題し、半分以上正解《せいかい》だった子には金メダルを、三問以上には銀メダルを、一問以上には銅《どう》メダルを、それぞれプレゼントするとのことだった。

クイズ形式だったので、子どもたちは夢中《むちゅう》になって所くんの説明に聞き入り、そのつど花や虫を真剣《しんけん》なまなざしで観察した。

ぼくは列の後方について、遅《おく》れる子がいないように確認《かくにん》する役を担当《たんとう》した。

そんなぼくに手をつないできたのは、前回カワニナをくれた女の子だった。

「おじさん、ちゃんとこられてよかったね。お祈《いの》りしたからだよ」

木から降りてきたときからずっと、えりなちゃんはぼくの横について歩いた。

「おじさんより、お兄さんのほうがいいんだけど」というと、

「だって、このへんがおじさんだもん」

えりなちゃんは自分の下あごの肉を、両手で左右に引《ひ》っ張《ぱ》った。

あごの骨《ほね》が少し横に出ているところが「おじさんぽい」というのだろう。

かわいい顔をして、やっぱりかわいくない。

でもそのしぐさは、トトロの映画《えいが》に登場する妹のメイちゃんによく似《に》ていた。あの子も四歳《さい》か五歳くらいだったかな。

えりなちゃんが、前のときの約束を覚えてくれていたのには、ちょっと、いやだいぶ、おどろいた。

「はい、お薬。これをぬったら治るよ」

そういって、肩《かた》にかけた黄色いバッグから小さな丸い容器《ようき》を出したのだ。

「なに、これ？」

「ふしぎなお薬。ママがくれたの。なんでも治るって」

あの日ザリガニにおそわれた傷は、もうきれいになっていた。

容器を受け取り、においをかいでみた。ごくふつうのぬり薬みたいだ。

中身はなんであれ、心に温かくふれるものがあった。

「どうもありがとう」

その場にしゃがみ、目の高さを同じにしてお礼をいった。

にこっと笑った女の子の表情《ひょうじょう》が、とてもまぶしく見えた。


オンブバッタという名前が正解だと知ると、園児の一人が、

「バッタのお母さんが赤ちゃんをおんぶしてるの？」と質問《しつもん》した。

「これはね、両方とも大人なんだよ。お父さんとお母さん」

所くんはやさしい口調で説明した。

「えー、大人をおんぶしてるの？　うそー！」

「ほんとなんだ。上の小さいほうは、お父さんかお母さんか？　どっちだと思う？」

そう問いかけると、子どもたちは口々に「お母さん！」と叫《さけ》んだ。

「うちはお母さんのほうが大きいけど、ふつうはお父さんのほうが大きいよ」とか、「でも強いのはお母さんだ」とかいう子がいて、まわりの大人や先生たちもつられて笑った。

「じゃあ、答えをいうよ。おんぶしてもらってる小さいほうのバッタは……」

所くんがそこで間をおくと、テレビのリモコンの消音ボタンを押《お》したみたいに声が消えた。みんなの視線が所くんの口もとに集まる。ちょっと気をもたせてから、

「お父さんです！」

わっと歓声《かんせい》があがった。

十問のクイズの結果は、なんと園児全員が金賞だった。幼児《ようじ》向けのやさしい問題だったとはいえ、みんなが五問以上正解というのは、すばらしいことだと思った。

ぼくも金賞だったけど、二問まちがえた。

子どもたちの隊列は、水辺の楽校の安全なところをグルッとまわり、三十分ほどで元の場所に戻《もど》った。

「それでは表彰式《ひょうしょうしき》を行います」

所くんは自転車に積んできた大きな袋《ふくろ》を手に取ると、中身をビニールシートの上にあけた。金・銀・銅のピカピカ光るメダルがたくさん出てきた。直径十センチほどもある手作りのものだ。

「みんな金メダルだったね。おめでとう」

そういって、一人一人の首にかけてあげた。ぼくや保育園の先生たちも、いっしょに表彰してもらった。

園児たちは笑顔で拍手したり、跳《と》び上《あ》がったりして興奮《こうふん》をかくせなかった。

「メダルの中にはいいものが入っているそうだよ。な、に、か、なー？」

筋肉モリモリの坂本さんが、着ぐるみのピエロのようにおどけた格好《かっこう》をした。

貼《は》り合《あ》わせた金の色紙のすきまをのぞくと、小さな粒状《つぶじょう》のものが見えた。

「あ、ゴマみたい。これ、種？」

「トトロは木の実をくれるんだ」

「お庭に植えたら花が咲くの？」

口々にいって所くんを取り囲んだ。

「ちゃんと植えてお水をあげたら、そのうち芽が出てくるよ。こんなふうに」

所くんは両手を頭の上で合わせ、ポコッと双葉《ふたば》が開くしぐさをした。

岡田《おかだ》さんの言葉がグサリ

セイタカアワダチソウ、リュウノヒゲ、オンブバッタ。ほかにも、薬草の王様なのに毒があって危険《きけん》なクサノオウ、実の形がコンペイトウに似《に》ているからコンペイトウグサともよばれるキツネノボタン、自分のおしっこで泡《あわ》の巣をつくるアワフキムシ、メスだけ全身が真っ黒のハグロトンボ、巣の中から幼虫《ようちゅう》がぞろぞろ出てくるオオカマキリ。所《ところ》くんがクイズに取り上げた植物や昆虫《こんちゅう》のことが、とても印象に残った。

実物を見ながら解説《かいせつ》してもらったせいで、それらの生き物が身近に感じられ、もっと知りたいという気持ちになった。きっと園児たちも、そんなふうに感じたのではないか。

ぼくはその週のうちにまた学校の図書室で細かく調べてみた。メモしておいたわけでもないのに、聞いたものの名前と形がしっかり記憶《きおく》に残っていた。

それにしても、所くんはなぜあんなにうまく子どもたちと話ができるのだろうか。

そのことを教室で本人に聞いたら、

「村長さんのまねだよ」といって、てれくさそうな顔をした。

村長さんはたしかに説明がじょうずで、カールおじさんぽいところが楽しく、ぼくは好きだ。でも小さな子へのお話は、所くんのほうがお兄さん的な雰囲気《ふんいき》がある分、子どもたちの心にぴったり合っているのではないか。

園児が何人も所くんにまつわりつき、手や腕《うで》をつかんだりズボンのベルトをにぎったりして歩くのを見ていたら、所くんは水辺の楽校《がっこう》のヒーローなのだと感じた。子どもたちには「所お兄さん」のすばらしさがよくわかる。まるでトトロなのだ。

それなのに、学校の門をくぐると、そのすばらしさが消えてしまう。トトロはトトロでも、まわりから受けるプレッシャーで「つっかえトトロ」や「のろまのトトロ」になってしまう。ぼくはそれを残念に思った。もっとみんなに所くんのよさを理解してほしいと思った。

「日曜日に玉ノ川へ遊びに行かない？」

ピアノのレッスンがあった日、ぼくは岡田さんに声をかけてみた。

岡田さんは女子にも男子にも友だちが多いからだ。

「それって、もしかしてデート？」

げっ！　なにを考えてるんだ。

「違《ちが》うよ。みんなでいっしょに行くんだ」

「みんなでって？　まさか水辺の楽校とかじゃないよね？」

先にいわれてしまい、言葉につまった。

去年、安全学習の授業《じゅぎょう》で訪《おとず》れたときのことを、岡田さんは覚えているのだそうだ。

「そのときは楽しかった？」

「楽しいわけないじゃん。あたし大きなアブに追いまわされたんだから」

「ぼくは行けなかったけど、木登りとか川流れとか、やったんだよね？」

「嫌《いや》なこと思い出させないで。川流れなんか、あたしのライフジャケットだけ穴《あな》があいてたんだよ。それ着てプカプカ浮《う》いてたら、急に沈《しず》みそうになって水飲んだ」

「ほんとに?」

「うそ」

「ふざけるな」

「あれ、今年もあるんだよ」

第三小学校では、四年生から六年生まで、安全学習や生き物の観察をする授業が毎年一回か二回、水辺の楽校で行われるらしい。岡田さんはそれを二歳《さい》年上のお姉さんから聞いたという。ぼくには初耳だった。

「水辺の楽校って人気がないの?」

「男子には人気だけど、女子は虫とか森とか苦手な子がいるから。カスミンやユッキーなんか、クモ見ただけでビビッてたもん」

岡田さんは大げさに顔をしかめた。手に持っていた楽譜《がくふ》で、クモの巣をはらうようなしぐさをしながら。

「所くんはあそこでボランティア活動をしているんだ。花の名前なんか、先生より知ってるかも。かくれた才能《さいのう》があるんじゃないかな」

ぼくは思い切っていった。

「それ聞いたことある。なんてったって、トトロはヘンジンだから」

「そんなことないよ。みんなばかにするけど、よく知らないだけなんだ」

「もしかしたら人間じゃないのかもね。妖怪《ようかい》？　おばけ？　ああキモイ」

からかうようないい方だった。

ぼくの心にムラッと怒《いか》りがわいた。


その日の夜、お父さんに所くんの話をしてみた。学校での様子とチロリン村での活動と。なぜそんなに大きな違いが生まれるのか。

お父さんはぼくの話を興味深《きょうみぶか》そうに聞いてくれた。そして、こんなふうにいった。

「人にはそれぞれ、自分の居場所《いばしょ》があるってことじゃないかな」

自分の居場所、というところが、教科書に出てくる太字のように感じた。

「その人のよさが現《あらわ》れる場所、実力を十分に発揮《はっき》できる陣地《じんち》ってことだ。おまえだったら音楽室かな。所くんの場合は、その……水辺のなんとか」

「水辺の楽校。ちゃんと覚えて」

「そうだ、水辺の楽校だった」お父さんは右手の親指を立てた。「ほかの場所ではうまくいかなくても、自分の場所でしっかり力を出すことができれば、それでいい。学校の勉強だって、いろんな教科を学んでゆく中で、最終的には自分の陣地を見つけるのが目的なんだから」

陣地を見つける？　それは陣地取りのようなものだろうか。

「音楽室のほかにも、ぼくの陣地があればいいな」

「あると思うよ。人生にはたくさん選択肢《せんたくし》があるんだから」

「選択肢って？」

「自分で選ぶことができる道ってことかな。所くんだったら将来《しょうらい》、環境保護《かんきょうほご》活動のリーダーになれるかもしれない。まだ小学生だから先のことはわからないけど」

選択肢という言葉に、なにか魅力的《みりょくてき》なものを感じた。二つ目の太字だ。

ヤブガラシやアレチウリがあふれる森に、ベージュのじゅうたんをつくる。自分で草を刈《か》り取《と》って下に敷《し》き、ずっと奥《おく》まで切り開いてゆく。そんなイメージが浮《う》かんだ。

「自分の居場所があるってことはいいことだ。うまくいかないことがあっても、仮《かり》に人から嫌な目にあわされたとしても、自分の居場所があればしのぐことができる。また頑張《がんば》ろうって気持ちになれる。それはとても大切なことなんだよ」

この日お父さんはお酒を飲まないで帰ってきたせいか、心に響《ひび》くことをいった。

ちょっと見直そうかなという気になった。

そのとき、お母さんが部屋に入ってきた。

「二人で盛《も》り上《あ》がっているようね。自分の居場所がなんですって?」

腕《うで》に何冊《なんさつ》も楽譜をかかえている。それまで下のフロアで、生徒にピアノのレッスンをしていたのだ。

ぼくはお父さんと顔を見合わせた。そして、

「お母さんの居場所はレッスン室かな」といった。

「あら、わたしは仲間はずれなの?」

お母さんはわざと怒《おこ》ったみたいに、プッと頬《ほお》をふくらませた。

ラジコンヘリを飛ばす人たち

とんでもないことが起こった！

日曜日の朝チロリン村に出かけたら、すでに集まっていたメンバーの人たちの様子がいつもと違《ちが》った。太いタチヤナギの下から高いところを見上げて、深刻《しんこく》そうな顔をしていた。

ぼくがあいさつをして近くに行くと、村長さんが枝《えだ》のほうを指さした。

指の先に目を向けた瞬間《しゅんかん》、

「あっ」と声が出た。そこにあるはずの枝が、ない。幹《みき》の途中《とちゅう》から先が消えていた。

どういうこと？

スッパリ切断《せつだん》された切り口がきれいな肌色《はだいろ》を見せている。六月の光を浴びて、そこだけ違和感《いわかん》があった。CGで合成した映画《えいが》の場面みたいに。

村長さんのわきで、所《ところ》くんがうなだれていた。大きな背中《せなか》を丸め、両手をブランとたらして。顔はよく見えなかったけど、肩《かた》が震《ふる》えていた。泣いているのか。

「八木《やぎ》さん、こっちもやられてますよ。きてください」

森の奥《おく》のほうから声が聞こえた。坂本《さかもと》さんの声だ。

すぐに村長さんたちといっしょに、やぶを鎌《かま》でかき分けながら奥に向かった。

シジミ川やオタマ池のほとりに立っている大きな樹木《じゅもく》も、高さ二メートルくらいのところで丸刈《まるが》りにされていた。

声をたよりに坂本さんたちと合流することができた。そこは水辺の楽校《がっこう》でも、ひときわ高い木が茂《しげ》っているところだった。

「エノキもか。こいつは弱った」

村長さんがうなるようにいった。

腕《うで》をまわしても手の先がつかないほど太い木が、やはり幹の途中で切られていた。

エノキというものを、ぼくは知らなかった。エノキダケと関係があるのか。あとで村長さんに聞くと、エノキとはニレ科の高木で、エノキダケはエノキをはじめ広葉樹《こうようじゅ》に生えるキノコのこと。エノキには野鳥や昆虫《こんちゅう》がたくさん集まるから、チロリン村の大切な宝物《たからもの》なのだ、ということを教えてくれた。ヤナギは生長が早いけど、エノキは遅《おそ》い。切られてしまうと、元に戻《もど》るのに長い年月がかかるのだそうだ。

「またあの人たちですね？」

坂本さんがため息をつきながらいった。

「そのようだ。きのうの夜、この近くに住む人から電話があった。チェーンソーの音がするって」

そう答えてから、村長さんはぼくのほうを向いた。

「たまにこういうことがあるんだよ。ラジコンヘリを飛ばして遊ぶ若者《わかもの》たちが、邪魔《じゃま》になるからって高い木を切る」

「切ってもいいの？」とぼくはたずねた。

「もちろんだめだ。公共の管理区域《くいき》だからね。ほら、ちゃんと看板《かんばん》が立っている」

村長さんがエノキの横に立っている看板を示《しめ》した。

そこには「樹木を切らないでください！」と赤い字で大きな見出しがあった。その下に説明文が続いていた。

「この付近は水辺の楽校の活動エリアであり、豊《ゆた》かな環境《かんきょう》の中で子どもたちが自然体験をする貴重《きちょう》な場所ですので、樹木を切らないでください。もし伐採《ばっさい》している現場《げんば》を目撃《もくげき》された方は、下記までご連絡《れんらく》ください。国土交通省河川事務所《かせんじむしょ》」

ぼくは何度もこのへんを通ったはずなのに、見慣《みな》れたせいか、気がつかなかった。

あらためて看板に手をふれ、かわいそうなエノキを見上げた。太い幹につけられた肌色の傷口《きずぐち》が痛々《いたいた》しかった。そこから樹木の命がにじみ出し、空に吸《す》い取《と》られてゆくように感じた。

わざわざこんな森の上でラジコンヘリを飛ばす人がいるのか。すぐ近くに、障害物《しょうがいぶつ》などなにもない河川敷《かせんしき》が広がっているのに。この環境を一生懸命《いっしょうけんめい》に守ろうとしている人たちのことは考えないのだろうか。

ここへくるようになって、まだ二カ月くらいしかたっていなかったけれど、ぼくは怒《いか》りを感じた。「樹木を切らないでください！」と書いてある横で、樹木を平気で切ってしまう人がいることに。そういう人を「心ない人」というのだろう。

この日の作業は大変だった。五月に漂流物《ひょうりゅうぶつ》を運び出したときと同じくらいに。木々の伐採された部分があちこちに放置されていたので、まずそれを片《かた》づけなければならなかった。シジミ川に捨《す》てられたものは、水の中に入って引き上げる。曲がりくねった太い枝や、たくさん葉をつけた枝もあって、運ぶのに苦労しそうだ。みんな長靴《ながぐつ》をはいていたけど、足がすべったらびしょぬれになるだろう。嫌《いや》な役だ。

その役に立候補《りっこうほ》した人たちの中に、筋肉《きんにく》モリモリの坂本さんや所くんもいた。所くんはエノキを片づけるときも、ずっと下を向いたままだったのに、水の中に入ったら坂本さんに負けないほどモリモリ頑張《がんば》っていた。目が真っ赤だ。見ているうちに、ぼくもいっしょに働きたくなった。

シジミ川に足を入れようとしたら、

「高沢《たかざわ》くん、きみはこっちを手伝ってくれるか」

後ろにいた村長さんが、手で草を刈《か》るしぐさをした。

「水の中でも大丈夫《だいじょうぶ》です」

ぼくは指でピースサインをつくった。

「それはだめだ。ヤナギの枝で手をけがするかもしれないからね。困《こま》るだろ?」

断《ことわ》られてしまった。せっかくやる気モードになっていたのに。

手? ピアノのことをさしているのか。だとしたら、だれが村長さんにいったのだろうか。


草刈りのほうも重労働だった。夏に向かって一週間ごとに、アレチウリやギシギシの生長が盛《さか》んになってゆくのがよくわかった。植物なのに、まるで猛獣《もうじゅう》みたいだ。ぼくの鎌の動きも、それに合わせて活発というか、激《はげ》しくなっていった。

前はスパッスパッと刈り取っていたのが、今ではザクッザクッと切りまくる感じだ。目に入る汗《あせ》を軍手の甲《こう》でふきながら、右手を強く動かす。刈り取っても刈り取っても追いつかない。

こんなに奮闘《ふんとう》しても、一週間たったらまた同じ光景になっているのだろう。それはもうわかっている。前に所くんが使った言葉でいえば「元《もと》の木阿弥《もくあみ》」ということだ。でも、きょうはきょうで、自分ができることを精《せい》いっぱいやろう。そう思った。元の木阿弥になったとしても、それは仕方がない。草一本分くらいでも、成果はきっとあるだろう。汗をかいた分、達成感だってある。やらないよりはずっといい。

鎌ではらうようにしてアレチウリのツルを刈る。太いギシギシの茎《くき》には一振《ひとふ》り、二振りと力を入れて切る。ぼくのまわりに小さな空間ができ、足もとには、やがて黄色くなる緑のじゅうたんができる。それが人の通れる道になっていく。

頑張れ、新也《しんや》！　ぼくは自分を励《はげ》まして作業を続けた。

ひざが痛《いた》くなったので立ち上がり、屈伸《くっしん》運動をした。後ろを振り返る。下着まで汗びっしょりになるほど働いて、まだ十メートルしか進んでいない。確認《かくにん》したら笑いそうになった。

でもそれは「落胆《らくたん》」ではない。いつのまにかぼくも、草刈りが少し好きになったんじゃないか。そんな気がしておかしかったのだ。水辺の楽校が、ちょっとだけぼくの

「陣地《じんち》」になってきたのかもしれない。

この日はとても残念なことがあったのに、メンバーの人たちはいつにも増《ま》して作業に集中しているようだった。嫌な気分を吹《ふ》き飛《と》ばそうと、気力を振りしぼっていたのかもしれない。

「本日はこれにて終了《しゅうりょう》」と村長さんが指示《しじ》を出したら、みんなその場にすわり込《こ》んでしまった。

坂本さんや所くんは、全身が川の泥《どろ》で焦《こ》げ茶色《ちゃいろ》になっていた。木の幹や枝を川の外に運び出そうとして、何度もつまずいたのだろう。鼻の先や頬《ほお》にも汚《よご》れがこびりついていた。

「トトロのひげみたいだ」

ぼくは思わず言葉に出し、プッと笑ってしまった。

「え、そんなおかしい？」

所くんは両手の指で顔をぬぐった。

でもその指が泥だらけだったから、顔のもようはもっと濃《こ》くなった。見ていたまわりの人たちが、そろって笑い声をあげた。所くんも大きな目をグリッとまわし、てれ笑いをした。さっきまで目もとを赤くはらしていたのに、作業に没頭《ぼっとう》したせいで気分が晴れたのだろうか。

「あの子は立ち直りが早い」――コンビニで聞いた村長さんの言葉を思い出した。

解散《かいさん》になったあと、所くんはぼくを連れて、もう一度エノキが立っているところに行った。長靴に水がたまっているのか、歩くたびに所くんの足もとからガボッ、ガボッとこっけいな音がした。

草が刈り取られ、原っぱのようになった場所に、エノキが強い日差しを浴びてポツンと立っていた。まわりがきれいになったせいで、前よりさびしそうに見えた。

その木の下に立って、ぼくたちはしばらく太い幹を見上げた。

「この木は死んだわけじゃないから。また大きくなるんだから」

所くんはつぶやくようにいった。ぼくに、ではなく、自分自身に。

そしてエノキにも向かって、励ますように。

ぼくはなんていえばいいかわからず、黙《だま》って木を見つめていた。

「ちょっと時間がかかるけど、大丈夫だ。また大きくなるんだから」

同じような言葉を、呪文《じゅもん》のように繰《く》り返《かえ》した。

そうだね。きっとそうだ。ぼくは心の中で返事をした。

トトロの映画に出てきた、塚森《つかもり》の大きなクスノキが、エノキの向こうに見えた気がした。クスノキは森の主《ぬし》で、根元の穴《あな》にトトロは住んでいる。

このエノキも、将来《しょうらい》はチロリン村の主になるだろうか。そのとき、所くんやぼくは、どうなっているのだろうか。

「高沢くん。ヤナギのほうはすぐに生えてくるんだよ。挿《さ》し木《き》にしておくだけで」

所くんがぼくのほうを見ていった。口調も表情《ひょうじょう》も明るい感じで。

「挿し木って？」

「枝を土に挿しておくこと。簡単《かんたん》なんだ」

そういってあたりを見わたし、近くに落ちていたタチヤナギの枝を拾ってきた。長さ二十センチくらいのものが二本あった。

「これを、こうやって地面に立てる。台風で流されたり、アレチウリに日光をさえぎられたりしなければ、そのうち根が生えてくる。すくすく育つんだよ」

「へえ、そうなんだ」

ぼくは感心して、ちょっと間が抜《ぬ》けた返事をしてしまった。

植物の命は、そんなに簡単な仕組みというか、たくましい力を持っているのか。

「きょうの記念にしよう。これは高沢くんのタチヤナギだ」

所くんが枝を地面に挿し、倒《たお》れないようにまわりを土で固めてくれた。

ありがとう。

ぼくも「心ない人」なのか

その後もチロリン村の人たちを困《こま》らせることが起こった。

大型のオートバイが土手から森に乗り入れ、道をぐちゃぐちゃにした。珍《めずら》しい植物を植えておいた場所も、タイヤの跡《あと》で踏《ふ》みにじられていた。道のないところをオフロードバイクというもので競走するゲームがあるのだと、坂本《さかもと》さんが教えてくれた。

愛好家の人たちが毎年のように訪《おとず》れ、河川敷《かせんしき》からチロリン村の中まで猛《もう》スピードで走りまわる。タイヤの溝《みぞ》が大きくて深いから、通った跡はでこぼこになるのだ。

ぼくたちが作業をしていると、ロケット花火が打ち込《こ》まれることもあった。

木を無断《むだん》で切るだけでなく、こんなことをする人もいるとは。

「むかつく！」とぼくが腹《はら》を立てたら、

「カブトムシやクワガタの幼虫《ようちゅう》を捕《と》りにくる業者もいるんだよ」と所《ところ》くんはいった。

「業者って？」

「それで生計を立てている人のこと」

「生計？」

「生活するお金を得ること。どこかに売ってお金をもらうんだ」

もう慣《な》れたけど、所くんはぼくが知らない言葉をたくさん知っていた。

所くんによると、カブトやクワガタは売り物になるから、狙《ねら》っている人たちがいるのだそうだ。近くの子どもが昆虫採集《こんちゅうさいしゅう》にくるのとは違《ちが》って、業者の人というのは幼虫がいそうなところをショベルで掘《ほ》り返《かえ》し、土ごとごっそり持っていくのだという。

「袋《ふくろ》に入れて？」

「自動車できて運ぶらしいよ。クヌギの木のまわりの腐植土《ふしょくど》とか、幼虫がいそうなところに穴《あな》ができていることがある」

そうなのか。聞いていて気が重くなった。

「そういう人たちには、なにかワナをしかけておけばいいのに」

「ナワ?」

所くんがギョロッと目を大きく開いた。

「ナワじゃなくてワナだよ。侵入者《しんにゅうしゃ》が通ったら大きな石が落ちてくるとか」

「それは危《あぶ》ないいんじゃない?」

「じゃあ落とし穴だ。敵《てき》が穴を掘ろうとしたら、その前に、ワナの落とし穴にはまってしまう。骨折《こっせつ》して全治一カ月の重傷《じゅうしょう》とか。目には目、歯には歯だよ」

その言葉は社会科で習った。古い外国の法律《ほうりつ》にそう書いてあるのだそうだ。

所くんはキョトンとした顔でぼくを見た。さては授業中《じゅぎょうちゅう》に居眠《いねむ》りをしていたのか。

「それはだめだよ。かわいそうじゃないか」

所くんは、ぼくがびっくりするほど真剣《しんけん》な声でいった。

え? しばらく固まってしまった。

「ワナなんて卑怯《ひきょう》だよ、高沢《たかざわ》くん。心ない人がやることだ」

ぼくは叱《しか》られたのか、所くんに? 今までそんなことは一度もなかったのに。

心ない人。それはぼくが、無断で木を切った人たちに対して感じた言葉だった。

炭酸《たんさん》飲料を飲んだときのように、ざわざわとしたものが、おなかから込み上げてきた。のどがつまったみたいになって、うまく言葉が出なかった。


別の日には、黒こげになったクルミの実がいくつも道ばたに落ちていた。

「食べられると思って、バーナーで焼いたんだな」と村長さんがいった。

クルミの実は梅の実に似《に》ているけど、外側のやわらかい果肉《かにく》の部分はまずくて食べられない。食用になるのは、秋に木から落ちて乾燥《かんそう》し、硬《かた》くなった種の部分だ。そんなことも、ぼくは植物図鑑《ずかん》で学んでいた。

クルミのことをよく知らない人が、やわらかい果肉を食べようとしたのか。それとも中の種を焼いて食べようとしたのか。木の枝《えだ》も、ところどころ黒くただれていた。

これも毎年のように見られる光景なのだそうだ。

傷《きず》つけられる木の立場からすれば、たまったものではない。「人災《じんさい》」ってやつだ。

ぼくは焼けこげたクルミの実を手にとって、じっくり考えてみた。

ここには台風や洪水《こうずい》のような自然の災害《さいがい》だけでなく、人災も、いろんな形でやってくる。環境《かんきょう》を守ろうとする人もいれば、破壊《はかい》しようとする人もいる。「破壊してやる」と積極的には思わなくても、結果として、破壊につながってしまうのだ。

ぼくだって、水辺の楽校《がっこう》のことを知らなければ、森の中にロケット花火を打ち込むくらいは、したかもしれない。友だちに誘《さそ》われたとしたら、きっとやっただろう。森の中に人がいるなんて思わないから。

オートバイの人たちだって、「人に迷惑《めいわく》をかけてやるぞ」と思って、走りまわったわけではないのだろう。自分が好きなことをやって楽しんだだけなのではないか。でもそれが、だれかの迷惑になる。直接《ちょくせつ》にではなくても、間接的《かんせつてき》に。

そう考えたら、からだがブルッと震《ふる》えた。不安になった。もしかしたらぼくも、そういうことをやっているのではないかと思って。気がつかないうちに、どこかで、だれかの迷惑になるようなことを。

心ない人。所くんにいわれた言葉が頭に浮《う》かんだ。気になって辞書で調べてみた。「思いやりがない人」と書いてあった。そういう人にはなりたくない。

ススキとオギの違《ちが》い

七月に入ったら、お父さんに元気がなくなった。

前に、一度くらいチロリン村に行きたいといっていたのに、声をかけたら、

「そうだったな。……考えておくよ」なんて、乗り気ではなさそうな返事をした。

どうしたのだろう？

ピアノのコンクールのほうは、去年と同じように予選を無事に通過《つうか》。夏休みの終わりごろにある本選に出場することが決まった。ザリガニに右手の人差し指を挟《はさ》まれたほかは、水辺の楽校《がっこう》でけがをすることもなく、調子はかなりよかった。

会場でぼくの演奏《えんそう》を聴《き》いたお母さんは、

「去年より上にいけるかもよ」と励《はげ》ましてくれた。

でも、去年より上ということは、優勝《ゆうしょう》しかない。大丈夫《だいじょうぶ》かな。ちょっとプレッシャーも感じた。

おじいちゃんとおばあちゃんは、ぼくが行ってチロリン村の話をするたびに、とても喜んでくれた。ススキとオギはどこが違うか、という話をしたり、クルミの食べれるところは実か種か、とクイズを出したりすると、二人とも本気で考え、楽しそうだった。そして最後はいつも「降参《こうさん》」といった。

ススキは一つの株《かぶ》から何本も生えるけど、オギは地下茎《ちかけい》でつながっていて一本ずつしか生えない。ススキの葉が細いのに比《くら》べて、オギのほうは幅《はば》が広い。生育地としては、ススキが乾燥《かんそう》したところを、オギは湿地帯《しっちたい》を好む。

「だから、見る人が見たら一目でわかるんだ」とぼくがいうと、二人は「へぇーっ」とおどろいた。

「しんちゃんは、やっぱり博士になれるよ」

おじいちゃんは目をショボショボさせていった。

ほんとうに一目でわかるかどうかなんて、ぼくにはわからない。本にそう書いてあっただけだ。

「おじいさんと行ってみたいねえ。玉ノ川まで、そのオギってのを見に」

おばあちゃんがいうと、おじいちゃんも「んだな」とうなずいた。

おじいちゃんは右足が不自由だから、玉ノ川まで行くのは無理だろう。行けたとしても、森の中の道は歩けない。ぼくは話題を変えた。

「夏休みの前に、総合学習《そうごう》で水辺の楽校に行くんだ。昆虫《こんちゅう》とか植物とか、理科の勉強かな。知らない子には、ぼくも教えてあげることになると思う」

「しんちゃんが先生をやるのか?」

「先生はほかにいるけど、まあ、アシスタントくらいはやるかも」

「それは見たいな。オギはいいから、しんちゃんが教えてあげるところを見たい」

今度はおじいちゃんがいって、おばあちゃんが「んだよ」とうなずいた。

うれしい気持ちが半分、てれくさい気持ちが半分で、顔がほてってった。

アシスタント? 勢《いきお》いでいってしまった。やれるとしたら、ぼくじゃない。所くんだ。水辺の楽校は所くんの陣地《じんち》なのだから。

だけど、総合学習の時間に集まるのは、同じクラスの子たちだ。所くんにいじわるをしたり、プレッシャーをかけたりする子が大勢《おおぜい》いる。場所はチロリン村でも、所くんはいつもの日曜日のように楽しく、リラックスして行動できるだろうか。

そう考えたら、不安な気持ちがニョキッと芽を出し、オギの穂《ほ》のように心の中で揺《ゆ》れた。

教えて、「トトロ先生」

「きょうはわたしも同行します。みんなで楽しく自然学習をしよう。いいかな？」

五年四組の児童が校庭に整列したところで、校長先生があいさつをした。

声にならない声が風に乗って流れた。声にすると、げっ、ショック、いや！

はっきりいって、校長先生はこわい。いかつい顔も、柔道《じゅうどう》五段《だん》の大きなからだも。

みんなに恐《おそ》れられている。だから校門を出るときまで、ぼくたちは元気がなく、うつむいて歩いた。

空は梅雨明《つゆあ》けのカンカン照りで、午前九時には真夏日になっていた。帽子《ぼうし》の着用と長そで長ズボンの衣服、そして長靴《ながぐつ》がこの日の決まりだった。安全のためには仕方ないとはいえ、真夏日にこの服装《ふくそう》では、我慢比《がまんくら》べみたいなものだ。出発する前から、暑さで顔がほてった。

三十四人の行列が百メートルくらい進んだところで、後ろから声がした。

「お待ちください、校長先生。ちょっとご相談が」

副校長先生が自転車で走ってきた。

追いつくと、その場で校長先生となにか話を始めた。担任《たんにん》の大山《おおやま》先生もそこに加わり、つられてぼくたちも足《あし》を止めた。

やがて、「校長先生は緊急《きんきゅう》のご用で学校に戻《もど》られることになりました」と大山先生が報告《ほうこく》すると、いっぺんに雰囲気《ふんいき》が変わった。遠足に出かけるときのような活気が生まれ、おしゃべりで騒々《そうぞう》しくなった。

所《ところ》くんはぼくの横をならんで歩いた。とくに明るい顔でも、暗い顔でもない。ふだん学校にいるときの、ちょっとぼんやりした感じ。日曜日の野球帽《やきゅうぼう》や麦わら帽子ではなく、学校の通学帽をかぶっているせいかもしれない。

「暑くて死にそう。わたし早退《そうたい》するかも」

「長靴なんて恥《は》ずかしい。もう死にそう」

岡田《おかだ》さんや立花《たちばな》さんは「死にそう」を連発していたけど、足取りはかるかった。

二人とも写真係で、学校の備品《びひん》のタブレット端末《たんまつ》を持っていた。他の児童は観察のレポート用紙を画板《がばん》に挟《はさ》み、最低一枚《いちまい》は書いて提出《ていしゅつ》することになっていた。

それにしても暑い。まだ本格的《ほんかくてき》な夏の暑さに、からだが慣《な》れていないのだ。

「玉ノ川で泳ぎてー！」と叫《さけ》ぶ男子が何人もいた。


「第三小のみなさん、チロリン村へようこそ！」

出迎《でむか》えてくれたのは村長さんと、筋肉《きんにく》モリモリの坂本《さかもと》さんだった。

コンビニのカールおじさんは小学生の人気者で、知らない子はほとんどいない。大山先生にいわれなくても、みんな元気にあいさつをした。

「去年はライフジャケットを着用して川に入ったよね。とっても気持ちよかったと思う。きょうは自然教室です。水辺の楽校《がっこう》にはどんな生き物がいるかってことを学習します。暑いから、みんな玉ノ川でバシャバシャやりたいだろうけど、きょうはやらない。残念だねえ」

そういって、村長さんがにっこり笑うと、ブーイングが起こった。

「えー、やだー！」

「おれ海パンはいてきたのに」

「バシャバシャやりたい！」

文句《もんく》をいうというより、親しい気持ちからの甘《あま》えみたいなものだ。

「その代わり、ビッグニュースがあります。夏休みになったら、今年は特別に玉ノ川でイベントを開催《かいさい》します。川の中で、だよ。どんなイベントだと思う？」

「水泳大会！」

「水上スキー！」

「カッパをつかまえる！」

教室の授業《じゅぎょう》とは違《ちが》って、村長さんは子どもたちに好きなことをいわせた。まず気持ちを引きつけ、水辺の楽校に関心を持たせようとしているのか。

「ブッブー。全部はずれ。正解《せいかい》はカヌーの川下り。水しぶきを浴びて、楽しいぞ」

今度は「おおっ」と、どよめきがあがった。

カヌーのことはよく知らなくても、大がかりなイベントらしいことはわかる。

「ということで、きょうは水浴びができないけど、次回の楽しみにとっておこう」

話を続けて、村長さんは簡単《かんたん》な自己紹介《じこしょうかい》のあと坂本さんの紹介もした。

それですぐ自然教室が始まるかと思ったら、もう一つ話があった。

「このクラスには、水辺の楽校のことをよく知っている子がいます。もしかしたらわたしや坂本さんより詳《くわ》しいかもしれない。質問《しつもん》があったら、その子に聞いてもいいぞ。なんでも親切に教えてくれるから。そう、所一真《かずま》くんだ」

テレビで司会者がゲストの人を登場させるみたいに、大げさな身ぶりでいった。

雰囲気としては、そこで拍手《はくしゅ》、という感じだったけど、逆《ぎゃく》にふっと静かになった。

野鳥のさえずりがはっきり聞こえるほどに。

少し間をおいて、ひそひそ話の声がわき上がり、やがて、

「トトロかよ!」と鈴木《すずき》くんが叫んだ。みんなの声を集めたみたいに大きな声で。

わざとらしく感じた。前にクラスが同じだった鈴木くんなら、所くんのことを知っているはずなのに。

それに続いて、もっとわざとらしい悲鳴や笑い声が、花火のようにはじけた。

所くんはなにもいわず、黙《だま》ってぼくのとなりに立っていた。大丈夫《だいじょうぶ》だろうか。

「だったら質問。今鳴いている鳥の名前、教えてくれ」

鈴木くんの仲間の松井《まつい》くんが追い打ちをかけた。

すると、まわりの子たちはまた静まり、木立《こだち》のほうに注意を向けた。

ヒョロヒョロ、ピーピーピー、チュンチュン。

きれいな鳴き声が高いところから降《ふ》りそそぎ、森の中に吸《す》い込《こ》まれてゆく。違う種類の鳥が何羽《なんわ》もこずえにならび、ひと声ずつ交代で鳴いているみたいだ。

耳を澄《す》ましながら、みんなの目は自然と所くんに集中した。

まずいんじゃないか。ぼくは村長さんの顔を見た。

「さっそく質問だそうだ。トトロ先生、どうですかな?」

村長さんは余裕《よゆう》の表情《ひょうじょう》だった。ひげをなで、冗談《じょうだん》ぽく所くんに手を向けた。

周囲の視線《しせん》がさらに強くなった。虫メガネで光を集め、所くんを焼きこがしてしまうように。

「が、が、がび」

答えようとして、言葉がつまった。緊張《きんちょう》しているのだ。

村長さんは学校での所くんを知らないのではないか。ぼくは腹《はら》が立った。みんなの前でさらし者にしているようなものじゃないか。

「答えなくていいんだよ」と助言しようとしたとき、

「ガビチョウっていいます。特定外来生物だよ」

きちんと答えた。日曜日の所くんほどではなかったけど、みんなに聞こえるはっきりした声で。

「それだけか？　ほかにも鳴いているぞ。全部教えてくれよ」

松井くんが続けて質問した。どうしても所くんに恥《はじ》をかかせたいのだ。

「ガ、ガビチョウって鳥は、いろんな鳥の鳴きまねをするのが得意なんだよ。今やっているのはオオルリ、そしてシジュウカラ。……これはサンコウチョウかな」

鳴き声が変わるのに合わせて、所くんは次々と名前をいった。

静まり返った中で、いくつものきれいなさえずりが輪唱のように響《ひび》きわたった。

やがてホーホケキョの声まで。

「ウグイスだ」

何人かが同時にいった。

「これもガビチョウがやっている鳴きまねだよ。ウグイスは今いないから」

所くんが説明すると、まわりから「ふうん」という声が、ため息のようにもれた。

感心した人が多かったみたいだ。

ぼくは感心を通《とお》り越《こ》して、感動した。そんなことまで知っているのかと。ガッツポーズをしたくなった。

「さて、この鳥は特定外来生物というのだそうだ。意味がわかる人、いるかな？」

少し間をおいて、村長さんがみんなにいった。

答える人はいなかった。それはそうだ。特定外来生物なんて、まだ学校で習ったことはないし、ふつうの会話にも出てくる言葉ではない。水辺の楽校の人たちしか知らないだろう。ぼくはもう「関係者」だから知っているけど。

「宇宙人《うちゅうじん》が持ってきた生物？　成長したら怪獣《かいじゅう》になるとか」

だれかが答えた。どっと爆笑《ばくしょう》の打ち上げ花火になった。

「そしてウルトラマンXと戦うか。はっはっは！　トトロ先生、どっちが勝つの？」

村長さんがまた所くんのほうに手を向けた。

「特定外来生物とは、外国から入ってきて、日本の生態系《せいたいけい》にわるい影響《えいきょう》を与《あた》えるかもしれないと考えられている生き物のことです。ガビチョウは中国からだったかな」

とてもまじめな答えだった。ぜんぜんつかえずにいえた。

村長さんのユーモアを無視したところが、かけ合い漫才《まんざい》のようだった。

大山先生が突然《とつぜん》「ほほほ」と声を出して笑い、なごやかな雰囲気になった。

所くんのモードも、学校から楽校に、しっかり切《き》り替《か》わったようだ。

「おまえ、すげーこと知ってるじゃん」と声をかけられ、はにかみながらもうれしそうな様子だった。

鈴木《すずき》くんがクモに噛《か》まれた！

村長さんが「トトロ先生」なんてよんだせいで、所《ところ》くんは森の中に入ってからも、次々と質問《しつもん》を受けた。というより質問攻《ぜ》めにあった。

「この花、なんていうんだよ？」

「オニヤンマが捕《と》れるって、ほんとか？」

「あの木は何歳《なんさい》か教えてくれ」

初めのうちは冷やかしが多かった。本気で教わりたいわけではなく、相手がどのくらい知っているのかを試《ため》すような質問ばかり。答えられなかったら、また「まぬけのトトロ」とかいって、ばかにするつもりだったのだろう。

それでも所くんは一つひとつ、まじめに答えた。なんでも親切に教えてくれるからと村長さんがいったとおりに。緊張《きんちょう》がとけてきたせいか、言葉につまることもなかった。すごい進歩じゃないか。

グループは二つに分かれ、村長さんと坂本《さかもと》さんがそれぞれの指揮《しき》をとった。ぼくたちのほうは、はじめのうち坂本さんが先頭に立って進んだ。でも、こわがって後ろでもたつく子がいたので、途中《とちゅう》からそっちを担当《たんとう》し、自然と所くんが前を引《ひ》っ張《ぱ》る形になった。

大山《おおやま》先生も責任者《せきにんしゃ》として加わっていたけど、モグラを見たとかいって悲鳴をあげ、それからは「こわがり組」の中に入ってしまった。

所くんはいつものように、ギシギシやヤブガラシの壁《かべ》をじょうずにかき分けて進んだ。歩き方を知っているから、動きがなめらかだ。すぐ後ろを、何人もの女子が固まって歩いた。巨体《きょたい》を風よけに、ではなく、虫よけにしようと考えてのことだろう。足がすべりそうになったら、つかまることもできる。

写真係の女子は、バッタやテントウムシ、トンボなど、生き物を見たら片《かた》っぱしからタブレット端末《たんまつ》で撮影《さつえい》した。ふだん目にする機会がないから、なんでも珍《めずら》しく感じるのだ。

「これ知ってる。カマキリの巣だよね。中にちっこい子どもがいるんでしょ？」

立花《たちばな》さんが道の途中でしゃがみ込《こ》んだ。

長い草の葉が三角の形にくるまっているのを、指先でチョンと突《つ》っついた。

「さわらないで、危《あぶ》ないから。それはカマキリじゃない。クモの巣だよ」

すぐに所くんがきて、立花さんの手をつかんだ。

「あっ、ラブラブ発見！」

後ろで大きな声がした。鈴木くんだ。

こういうのを「目ざとい」というのか。それともずっと監視《かんし》していたのか。

チョロというあだ名のとおり、鈴木くんはすばやく立花さんの横にやってきた。

「これ、カマキリの巣じゃん。おまえ、こんなのも知らないのか。笑える」

鈴木くんは所くんを押《お》しのけて、わざとらしい笑い声をあげた。

「カバキコマチグモの巣だよ」と所くんはいった。「お母さんが中にいたら噛まれる」

「カバ……？　なにそれ。思い切りうそっぽいじゃん」

「さわっちゃだめだ。毒があるから。カバキコマチグモは巣の中で、子どもたちがお母さんを食べて育つんだよ。だから、お母さんのからだはボロボロになるんだけど、生きていたらこわい。子どもを守るために攻撃《こうげき》してくる。さわらないであげて」

所くんは落ち着いた口調で説明した。一度もつかえずに。

小さな園児に教えてあげるときの話し方と、ほとんど変わらなかった。

「大きいのか？」

「そんなに大きくはない。一センチくらいかな」

「けっ。そんなチビ、どうってことないじゃん」

「嚙まれたら、すごく痛いよ。日本にいるクモの中で一番強い毒を持っているそうだし。死にそうになった人もいるらしい」

鈴木くんは一瞬《いっしゅん》おびえたような顔になった。

でも、そのことを恥《は》ずかしく思ったのか、すぐに勢《いきお》いを取り戻《もど》した。

「クモじゃなくて、カマキリだったらどうする？　おまえ百万円はらうか？」

「そんなお金はないけど、ほんとうに危ないんだから。もう向こうに行こう」

「逃《に》げんのかよ。弱虫、ダンゴムシ！　おれはこんなもの、ぜんぜん平気だ」

そういって、鈴木くんは三角の草の葉に手をかけようとした。

「きゃっ！」と悲鳴をあげて、立花さんがその場に尻《しり》もちをついた。

所くんは自分のからだをぶつけるようにして、鈴木くんの手をさえぎった。

そのとき、右手はもう草の葉をにぎっていた。はずみで三角の包みの部分がほどけてしまい、中から粉のように小さなものがこぼれ落ちた。子どものクモだ。いっしょに、一センチくらいの黄色っぽいものも。

「いてー！」

鈴木くんの声が裏返《うらがえ》った。母グモに噛まれたのだ。

所くんの処置《しょち》は早かった。

背中《せなか》のリュックから青いビニールケースを取り出す。中には救急用具の一式が入っていた。泣きわめく鈴木くんを巨体で地面に押しつけると、指先にプラスチックの注《ちゅう》射器《しゃき》みたいなものを押し当てた。ポイズンリムーバーといって、毒を吸《す》い取《と》る器具なのだそうだ。それを使ったあと傷口《きずぐち》に消毒薬をぬり、さっとテープを巻《ま》いた。

「もう大丈夫《だいじょうぶ》だよ。痛《いた》かったらごめんね」

そう鈴木くんに声をかけるまで、たぶん二分もかからなかったと思う。

ぼくも手伝うつもりだったけど、見ているうちに作業は終わってしまった。

すごい！　すごすぎる！

まわりに集まった子たちも、「度肝《どぎも》を抜《ぬ》かれた」という顔で所くんを見つめた。

終業式の日の夜に

カバキコマチグモ。漢字だと樺黄小町蜘蛛《かばきこまちぐも》。所《ところ》くんがいったとおり、毒を持っているクモだと図鑑《ずかん》に書いてあった。拡大《かくだい》写真を見てゾッとした。そんなに恐《おそ》ろしいクモが水辺の楽校《がっこう》にいたのか。

次の日に聞いたら、所くんは笑って首を振《ふ》った。

「人間がいたずらをしなければ大丈夫《だいじょうぶ》だよ。巣を壊《こわ》したりするから、敵《てき》だと思って逆襲《ぎゃくしゅう》されるんだ。たいていの生き物は、自分のほうから攻撃《こうげき》したりしないから」

そうなのか。

「どうしてそんなことまで知ってるの?」

「小さいころからお父さんと、いろんなところに行って野宿《のじゅく》してきたんだ。夏休みとかに。だから自然と覚えた。カバキコマチグモには、ぼくも嚙《か》まれたことがある」

所くんは自分の左手を見つめて、ちょっと恥《は》ずかしそうにいった。

そうだったのか。

そのときお父さんがしてくれた処置《しょち》を、鈴木《すずき》くんにもしたのだという。

所くんのお父さんは、高校の理科の先生のほかに、アマチュアの写真家としても活動しているのだそうだ。

鈴木くんは、あのあと大山《おおやま》先生に連れられて病院に行った。三十七度二分まで体温が上がったそうだけど、次の日は休まず登校した。所くんの後ろの席につくとき、

「おい、トトロ。今度カールおじさんの店でおごってやるからな」

いつもどおり、いばった口調でいった。

でもそれは、たぶん「虚勢《きょせい》」というやつだ。心の中では「ありがとう」とささやいているように感じた。所くんは大きな目をいっそう大きく開き、困《こま》ったように何度もまばたきをした。

そんな所くんに、ぼくは「尊敬《そんけい》」を感じるようになった。

だけど、算数の時間に居眠《いねむ》りをしたり、国語の朗読《ろうどく》のときにつかえたりするくせは直らなかった。七月の授業《じゅぎょう》参観でも、みんなが緊張《きんちょう》している中で一人だけ大きないびきをかき、教室の後ろにならんだ保護者《ほごしゃ》の人たちから笑われたものだ。お父さんがいったとおり、人にはそれぞれ居場所《いばしょ》があるってことなのだろう。

ぼくたちは夏休みの直前まで、昼休みや放課後に算数の復習《ふくしゅう》をした。図形の合同や整数と小数の計算、分数の足し算や引き算など。主にぼくが教えてあげた。

一回終わるたびに、所くんは「たれぱんだ」みたいにぐったりと机《つくえ》の上に突《つ》っ伏《ぷ》した。チロリン村の「トトロ先生」の面影《おもかげ》はどこにもなかった。そして、

「算数の教科書って、なんでこんなに分厚《ぶあつ》いの？」などといってぼくを笑わせた。

なるほど、たしかにそうだ。

ぼくたちが使っている算数の教科書は三百ページ近くもある。所くんの好きな理科

のほうは二百ページくらいで、カラーの写真やイラストがたくさん入っていた。

「そのうち好きになるかもね」とぼくは答えた。

好きになることはないだろうけど、また二学期も算数を教えてあげよう。ついでに音楽も。ぼくはそんなふうに考えていた。


一学期の終業式があった日の夜、お父さんから思いがけない話を聞いた。

「近いうちに引《ひ》っ越《こ》しをしなければならなくなった」と。

頭の中が真っ白になった。いっている意味がわからないくらいに。

お父さんはいろんなことを話した。ぼくの顔を見て、たまに作り笑いをしながら。できるだけわかりやすく説明しようとしてくれたみたいだ。

だけど、わからなかった。わかりたくなかったのかもしれない。

……会社の都合で、お父さんは九月から別の県にある「支社《ししゃ》」で働くこと。お母さんと相談した結果、家族全員で引っ越すことに決めたこと。だからぼくは転校しなければならないこと。……あとでまとめたら、そういうふうなことだった。

気がついたら、目の前が涙《なみだ》で見えなくなっていた。なんだか悔《くや》しくて、声が出そうになるのを必死で我慢《がまん》した。なにが悔しいのかはわからなかった。ただ涙が次から次へとあふれてきて、止まらなかった。

そのうち、こわくなった。このまま壊《こわ》れた蛇口《じゃぐち》のように、ずっと涙が出続けたら、ぼくのからだは溶《と》けてしまうのではないかと。人のからだには、どのくらいの量の涙が貯《たくわ》えられているのだろうか。悔しくて泣きながら、でもそんな考えもチラッと浮《う》かび、もしかしたらぼくの頭は少しおかしくなったのかもしれない。

「ずっと、みんな、いっしょだから」

お母さんが横からぼくを抱《だ》きしめた。そして何度も「ごめんね」といった。

顔全体がやわらかいものに埋《う》もれ、久《ひさ》しぶりにお母さんのにおいをかいだ。

所《ところ》くんからのプレゼント

どうしてこんなことになるのだろう。ぼく一人だけ。

しばらくのあいだ頭がぼうっとして、きちんと考えることができなかった。もう夏休みに入ってしまったのに。

引《ひ》っ越《こ》しをせずにすませられないかと、ぎりぎりまで粘《ねば》っていたのだと、お父さんはいった。せめて来年の春まで「支社《ししゃ》」に行くのをのばしてほしい。会社の人と何回も交渉《こうしょう》したのだという。最後の結論《けつろん》が出たのは終業式の日だったそうだ。

「おじいちゃんたちもいっしょに引っ越して、また近くに住むことになるの。だからお願い。ね、しんちゃん」

お母さんも一生懸命《いっしょうけんめい》ぼくを説得しようとした。

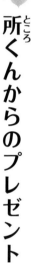

そこまでもう決まっているのなら、ぼくだけ反対することはできない。反対しても意味がない。

八月五日、夏休みに一日だけある登校日をぼくは欠席した。熱が出て行けなくなればいいと思っていたら、ほんとうに三十八度まで体温が上がり、布団《ふとん》から起きられなかった。夏かぜだということで、お医者さんから飲み薬をもらった。

クラスの友だちから同情《どうじょう》されるのは嫌《いや》だ。お別れのあいさつなんかしたくない。このままずっと我慢《がまん》して、八月二十五日の飛行機に乗ろう。そう決心するまでに二週間かかった。学校への連絡《れんらく》や転校の手続きなどは、全部お母さんがしてくれた。

玉ノ川のカヌー教室には、行きたい気持ちと行きたくない気持ちが競《きそ》い合《あ》い、分銅《ふんどう》をのせた上皿天秤《うわざらてんびん》のように心が揺《ゆ》れた。村長さんや坂本《さかもと》さんなど、チロリン村の人たちとは、最後にもう一度会っておきたかった。でも参加すれば、四組の友だちとも会うことになる。所くんとも。……どうしようか。

所くんは、一番会いたい友だちなのに、同じ理由で、会いたくないと思った。こんな気持ちを味わうのは初めての体験だった。

心の天秤が壊《こわ》れそうなくらい迷《まよ》ったあげく、ぼくは行かないことにした。行けばきっと悲しくなるだろうから。引っ越しすると決めた心が、またぐらつくだろうから。

カヌー教室があった日の夕方、家のチャイムが鳴った。お父さんもお母さんもいなかったので、ぼくが玄関《げんかん》のモニターを見ると、三人の児童がならんで立っていた。大きくて丸い男子と、女子が二人。所くんと岡田《おかだ》さんと立花《たちばな》さんだった。

仕方がないからドアをあけた。

三人はぼくの顔を見て、「ちぇい」とあいさつした。

そのあとは、しばらく黙《だま》ったままだった。

「きょうは……残念だったね」

岡田さんが最初に口を開いた。

聞き取れないほど小さな声だった。いつもの男っぽい感じとは違《ちが》う。

それだけいったら、またしーんとなった。次に話す人がいない。

岡田さんがとなりの立花さんを、腕《うで》でかるく突《つ》いた。

「待ってたんだよ。しんちゃんに会えるかなって」

立花さんは決められたセリフをいうように、ぎこちなくいった。

そのあと二人はそろって所くんのほうに顔を向けた。順番を決めておいたのか。

なんだか小学校の学芸会みたいだ。

所くんはぼくを見つめたまま、大きな目でまばたきを繰《く》り返《かえ》した。これは楽校《がっこう》モードではない。学校モードだ。ぼくは所くんにプレッシャーを与《あた》えているのか。

岡田さんも立花さんも、前は「のろまのトトロ」をばかにしていたのに、立花さんがクモの巣のことで助けてもらってから、二人の態度《たいど》はだいぶ変わった。この日いっしょにきたのも、そのせいだと思う。

「トトロ、早くいいなよ」

立花さんが所くんのからだを肩《かた》で押《お》した。

「ぼ、ぼ、ぼくは」

だめだ。所くんは話せそうにない。

代わって岡田さんが説明してくれた。

ぼくのために、あしたもう一度カヌー教室を開いてくれることになった。だから、家族の人たちと水辺の楽校にきてほしいと。

聞きながら、どんなふうに断《ことわ》ろうかと考えていた。ぼくの心はもう固まっていた。

「わるいんだけど……」といいかけたとき、急に所くんが動き出した。

背中《せなか》の青いリュックをおろすと、ジッパーを勢《いきお》いよく開いた。中からビニール袋《ぶくろ》に入った鉢植《はちう》えのようなものが。

「こ、これ、高沢《たかざわ》くんへのプレゼント。きみのタチヤナギだよ」

そういって所くんは、ぼくの顔の前にそれを差し出した。

さようならの代わりに

ぼくのタチヤナギ。それは所《ところ》くんがあの日、エノキの横に挿《さ》し木《き》してくれた枝《えだ》だった。見ると、高さはそんなに変わっていなかったけれど、木の二カ所から黄緑色の葉が生えていた。ちっぽけな葉だったけど、もうヤナギらしい形をしていた。

落ちていた枝に、一カ月ちょっとのあいだに命が宿り、もう光合成を始めている。

見ているうちに胸《むね》がつまり、ジワッと目もとが熱くなった。ぼくの涙《なみだ》はもう全部、からだの外に流れ出たと思っていたのに、まだ残っていたようだ。

ビニール袋《ぶくろ》の中には、鉢《はち》のほかに絵葉書《えはがき》が入っていた。スタジオジブリのトトロの絵だった。大きなクスノキの上にすわり、空に向かってオカリナを吹《ふ》いている。

固まっていたはずのぼくの心が、水やりをしたようにやわらかくなっていった。

すぐお父さんに相談した。

「あした玉ノ川でカヌー教室があるんだけど、いっしょに行かない？」

お父さんは即《そく》「ＯＫ」といった。まるで待ちかまえていたように。

「お母さんも誘《さそ》ってみないか？」

え？　お母さんはそういうこと好きじゃないのに。

「おまえが誘えばきっと行くよ」

まさか、と思ったけど、いちおう声をかけてみた。

お父さんのいったとおりになった。もしかして、打ち合わせができていたのか。


次の日の朝、村長さんが家まで迎《むか》えにきてくれた。コンビニの車に乗って。となりの席には所くんがすわっていた。

「新也《しんや》くんには清掃《せいそう》活動などでお世話になりました」

村長さんが帽子《ぼうし》を取って頭を下げると、

「こちらこそご親切にしていただいて、ありがとうございました」

お母さんがふつうにあいさつをした。

え？　どうして清掃活動のことを？

ぼくがおどろいていると、

「まあ……わたしのほうからちょっとだけ、伝えておいたんだ」

お父さんがひとりごとのようにつぶやいた。

お母さんには内緒《ないしょ》だぞ、男の約束だから、とかいっていたのに。

ぼくたち家族三人は後部座席《ざせき》にならんで腰《こし》をおろした。

運転席のバックミラーに、所くんの顔が映《うつ》っていた。ぼくと視線《しせん》が合うと、所くんはグリッと目をまわし、はにかんだように笑った。前の日の緊張《きんちょう》した様子はもうなかった。ぼくも鉢植《はちう》えをもらったお礼のつもりで、口をトトロのように大きく開いて笑顔《えがお》になり、心の中で「ありがとう」といった。

車はいつもと違《ちが》う方向から河川敷《かせんしき》に入った。そこで降《お》りると、村長さんはトランクをあけてヘルメットとライフジャケットを取り出した。これを着用してカヌーに乗るらしい。

真夏の日差しを受けて、玉ノ川は鏡をたくさん敷《し》きつめたようにキラキラ輝《かがや》いていた。まぶしくて目があけられない。そこに二艘《そう》の真っ赤なカヌーが浮《う》かんでいた。

村長さんは、ライフジャケットの着方を教えてくれたあと、自分もそれを身につけサングラスをかけた。

「では、二人ずつ分かれて乗ろう。新也くんは、どなたと？」

カヌーの前で聞かれた。

お父さんがお母さんを指さした。お母さんのほうを見たら、着用したライフジャケットを両手で握《にぎ》りしめ、ひきつった顔をしていた。こわいのだ。子どものころから運動や冒険《ぼうけん》とは縁《えん》がない生活をしてきた人だから。

ぼくはお母さんと同じカヌーに乗ることにした。お父さんは村長さんとだ。

「あれ、所くんは？」

いつのまにかいなくなっていた。

「なにか準備《じゅんび》でもしてるんじゃないかな」

村長さんはそういっただけで、すぐにカヌーのこぎ方の説明をした。

ぼくはお母さんを前にすわらせ、後ろの席についた。一本の棒《ぼう》の両端《りょうたん》にヘラのようなものがついたパドルを手にして。これを両手で持ち、弧《こ》を描《えが》くようにして水をかくのだそうだ。お母さんも渡《わた》されたけど、「こわい」といって受け取らなかった。

村長さんとお父さんのカヌーは二人でこぐのに、こっちはぼく一人。置いてけぼりにされるかもしれない。

「ゆっくり進むから、あせらなくていいぞ」

そういって、村長さんたちのほうが先に出発した。

ぼくは教えられたとおりカヌーの中で足を踏《ふ》ん張《ば》り、力いっぱい両手を動かした。

パドルがパシャッと音を立てると、そのたびに水しぶきが飛んできた。お母さんは「きゃっ！」と悲鳴をあげ、まるで溺《おぼ》れかけている人みたいに手をバタバタさせた。小学校の低学年でも、これほど大げさにはこわがらないだろう。ちょっと笑いが込《こ》み上《あ》げた。

たぶんお母さんは、こんなところにきたくはなかったのだ。ぼくのために勇気を振《ふ》りしぼって、つきあうことにしたのだろう。そう思ったら、お母さんに申しわけない気がした。

村長さんたちのカヌーは、少し進むと手を休め、ぼくたちを待ってくれた。

「やあ、気持ちがいいなあ」

お父さんが子どもみたいに楽しそうな顔をしていた。

「どうだ、貸し切《かき》りカヌーの感想は？」

村長さんがパドルで水をたたき、わざとこっちにしぶきを飛ばしたりした。

そういわれて、きょうがぼくたちにだけ特別の貸し切りカヌーの日だったことを思い出した。

「ありがとうございます。最高です」

ほんとうにそう思った。

「また草刈《くさか》りがしたくなったら、いつでもきなさい。ちゃんと鎌《かま》を用意しておくから。残念ながら旅費は出ないけど」

村長さんは、お父さんやお母さんにも聞こえるように、大きな声でいった。

風がだんだん強くなり、水面が小さなうろこを流したみたいにきらめいた。その風に乗って、ぼくたちのカヌーは気持ちよく下流に向かった。

しばらくして、遠くから音が聞こえてきた。人の声か。歌でも歌っているようだ。岸辺のほうに目をやった。

だいぶ川を下ってきて、そこには見覚えのある景色が広がっていた。いつもとは見る方向が反対だったけど、まちがえるはずはない。その一帯にだけ木々が生《お》い茂《しげ》り、途中《とちゅう》で切られた幹《みき》を含《ふく》めて、緑がいっぱいにあふれていた。水辺の楽校《がっこう》だ。

その川岸に、色とりどりの花が咲《さ》いているように見えた。近づくにつれて、人の服だとわかった。

ぼくの仲間たち！　そこにならんでいたのは五年四組のみんなだった。

たとえば君が 傷《きず》ついて
くじけそうに なった時は
かならずぼくが そばにいて

ささえてあげるよ その肩《かた》を
世界中の 希望のせて
この地球は まわってる
いま未来の 扉《とびら》を開けるとき
悲しみや 苦しみが
いつの日か 喜びに変わるだろう
I believe in future
信じてる

なつかしい歌声が耳にとどいた。しっかりと。五年生になって、最初に習った曲、「Believe」だった。

声に合わせてリコーダーの音色も聞こえた。全員で二十人くらいだろうか。

夏休みだから、遠くに出かけてしまった子もいるにちがいない。それでもこんなに大勢《おおぜい》の仲間が集まって演奏《えんそう》してくれている。そのことがうれしかった。夢《ゆめ》のような気がした。

左端《ひだりはし》に立ってリコーダーを吹《ふ》いている子を見た瞬間《しゅんかん》、ふわっと視界《しかい》が揺《ゆ》れた。所くんだ。この曲の吹き方を教えてあげたころは、まだ四月だった。

カヌーが近づいてゆくと歌が終わり、みんながこちらに手を振ってくれた。ぼくも岸辺に向かって、思い切り手を振り返した。

「所くんの発案だよ。このカヌーも、合唱も」

となりから村長さんがいった。そうだったのか。

ぼくはきのうもらったトトロの絵葉書の文章を思い出した。

今度行く学校の近くに水辺の楽校があったら、これを植えてください。なかったら、校庭に植えてください。タチヤナギはすぐに大きくなります。高沢《たかざわ》くんが小学校を卒業するまでに、ぼくはそれを見に行きます。絶対《ぜったい》見に行きます。そのときは、また会ってください。談笑《だんしょう》しましょう。よろしく。所一真《かずま》談笑って……。読んだときは泣き笑いみたいになった。

こちらこそよろしく、所一真くん。ぼくのトトロくん。

「いい友だちができて、よかったわね」

前の席から顔を向けて、お母さんがいった。

そのとき、急に音楽コンクールのことが頭に浮かんだ。本選はあと二週間後、引《ひ》っ越《こ》しの二日前に行われる予定になっていた。もう欠場するつもりだったけど、やってみようか。今からお母さんと猛練習《もうれんしゅう》したら、ぎりぎり間に合うかもしれない。

前に所くんからもらった金メダルのお礼に、コンクールの優勝《ゆうしょう》メダルを所くんに見せたいと思った。ぼくはぼくの陣地《じんち》で、精《せい》いっぱい頑張《がんば》った印を見せることができたら、きっと喜んでくれるだろう。

ぼくはもう一度大きく手を振った。所くんのほうを見て。

所くんはリコーダーをくわえ直し、楽しい音階を吹いた。

ホーホケキョ、ケキョ、ケキョ。――うまい！

あのガビチョウもまねをした、ウグイスの鳴き声だった。

あとがき

主人公の高沢新也《たかざわしんや》くんは、はたしてコンクールで優勝《ゆうしょう》することができたのでしょうか。所一真《ところかずま》くんから贈《おく》られたタチヤナギは、すくすくと生長しているのでしょうか。そして二人はまたどこかで会って、ちゃんと「談笑《だんしょう》」できるのでしょうか。

物語を読み終えて、いろいろな想像《そうぞう》が今、みなさんの頭の中をかけめぐっていることと思います。……作者はどう思っているのか、ですって？

高沢くん、頑張《がんば》れ！　タチヤナギよ、大きく育て！　所くん、来年の夏休みに出かけよう！　そんなふうにみんなを応援《おうえん》しています。

ほかにも、鈴木《すずき》くん。カバキコマチグモに噛《か》まれた痛《いた》みを忘《わす》れず、きみを助けてくれた所くんのように、やさしい心を持てる少年に成長してください。

本文でもふれたとおり、日本には全国各地に（所くんなら「津々浦々《つつうらうら》」というかな）三百近くの水辺の楽校《がっこう》があります。チロリン村のようにジャングルもあるところは少ないけれど、川流れや自然観察など、楽しい体験がいっぱいできます。あなたが住む地域《ちいき》にもそんなところがないか、探《さが》してみてください。

この本を書くまでに、わたしはさまざまな地域の水辺の楽校に取材をさせていただきました。中でも東京の「狛江《こまえ》水辺の楽校」には、大変お世話になりました。高沢くんのように、メンバーの方々と草刈《くさか》りをしたり、漂流物《ひょうりゅうぶつ》を取《と》り除《のぞ》く作業をしたりして、たくさん汗《あせ》を流しました。すばらしい思い出に感謝《かんしゃ》して、心からお礼をささげます。メンバーのみなさん、またいっしょに草刈りをしましょう。

最後に、読者のあなたが将来《しょうらい》、自然を壊《こわ》すのではなく、守るほうの人になれるように。この本の主人公たちとともに願っています。

本田《ほんだ》有明《ありあけ》

装丁——本澤博子
装画——pon-marsh

［著者略歴］
本田有明（ほんだ・ありあけ）

作家、エッセイスト。
著書に『願いがかなう　ふしぎな日記』『ぼくたちのサマー』『卒業の歌』『じっちゃ先生とふたつの花』（以上、ＰＨＰ研究所）、『ファイト！　木津西高校生徒会』『歌え！　多摩川高校合唱部』『最後の卒業生』『ヘタな人生論より夏目漱石』（以上、河出書房新社）などがある。

JASRAC 出 1604893-601

「水辺の楽校《がっこう》」の所《ところ》くん

2016年６月21日　第１版第１刷発行

著　　者　　本田有明
発 行 者　　山崎　至
発 行 所　　株式会社ＰＨＰ研究所
東京本部　〒135-8137　江東区豊洲5-6-52
児童書局　出版部　☎03-3520-9635（編集）
普及部　☎03-3520-9634（販売）
京都本部　〒601-8411　京都市南区西九条北ノ内町11
PHP INTERFACE　http://www.php.co.jp/
制作協力・組版　　株式会社ＰＨＰエディターズ・グループ
印刷所・製本所　　共同印刷株式会社

ISBN978-4-569-78555-4

165P　20cm　NDC913